サバティカル

中村　航

JN053160

朝日文庫

本書は二〇一九年四月、小社より刊行されたものに
加筆しました。

サバティカル

五ヶ月の休暇、を取れる人間はどれくらいいるのだろう。

その可能性があると気付いたとき、ほう、と思った。それが現実的になり、本決まりになったときには、おお、と感じた。だけどその日が迫ってきても、どこか他《ひ》人《と》事《ごと》のような感じで、どうしようかとぼんやり考えるくらいだ。

この十年余り、ずっと仕事に忙殺されてきた。そういう会社のそういう職種だから、長期休暇といっても四日くらいが最長で、五ヶ月の休暇なんてものは人生のなかで全く想定していなかった。

休暇といってもそれは〝人生における休暇〟だ。自分の退職する日が決まり、転職先に入社する日が決まって、その間のブランクが五ヶ月ある。だから正確に言えば、それは単なる離職期間だ。

「だけど普通は、なかなか、そんなには休めないからね」

と、助手席に座る門前《もんぜん》さんが言った。遠いテールランプを追いかけ、僕らは夜の関越自動車道を進む。

「だって転職活動はもう終わってるんだから、まさに休暇でしょ？　おれが最初に転職したときは、一ヶ月もせず次に行ったし、ここに来るときは有給を消化して結構休んだけど、それでも二ヶ月くらいかなあ。転職先だって普通、そんなには待ってくれないでしょ」

「そうですよね、普通は」

アクセルを固定し、前を走る車のテールランプを見つめた。

こんな状況になるとは思ってもみなかった。今の仕事は時間が不規則だし、拘束時間も恐ろしく長いけれど、人生の先を考えることから逃れるように、それらを良しとしてきた。

預金残高が増えていくことには軽い満足感があった。だけどお金を使う暇もないのは、どうなんだろう。稼いで稼いで、それからどうするんだろう。

出入りの多い職場で同期もほとんど残っていないなか、霧が晴れたように転職を思い、興味本位で転職サイトに登録してみた。

それが今から四ヶ月くらい前のことで、具体的なことは何も考えていなかった。だけどニッポンの転職市場は賑わっているようで、すぐにいくつかの誘いが来た。エージェントに強く勧められた会社の仕事内容を、面白そうだな、と思い、先方の話を聞いてみたくなった。

気持ちとしては自分を売り込むというより、先方の話をただ聞くつもりで、最初の面接に向かった。結果、自分が求められていることがわかったし、自分が今とは別の環境を求めていることにも気付いた。

その後、何度かの面接をクリアしていくなかで、転職しようかな、という気持ちは固まっていった。

最終面接の手前で、入社時期についての話になった。だいぶ先になるが例えば四月ではどうか、と打診された。採用者が多い会社だから、中途と新卒の研修を四月にまとめてやりたいらしい。

四月というとだいぶ先だけど、かえって都合が良いように感じた。それで結構です、と答え、今の会社の上司に、退職を考えていることを伝えた。

来年の四月まで、まだまだ時間はある。ただでさえ人の足りない職場だから、後任の目処《めど》が立つまで仕事を続けて、しっかり引き継ぎをすればいいと思っていた。

だが意外なことに、退職はあっという間に決まってしまった。会社はもともと人員の補充のために人を募集していたのだが、最終面接まで二人残っていた。会社としてはどちらも欲しい人材で、どちらを採ろうか決めあぐねていたところだったらしい。

一名採用の予定が二名採用の方向となり、そのことも相談されたうえで、退職時期の話になった。想像していたよりはずいぶん早まったが、僕は十月いっぱいで仕事を辞めることになった。

そして十一月から四月まで、五ヶ月の無職期間が生まれた。

「だけどまあ、外資の金融とかさ、やむを得ず長く休むってケースもあるらしいよ。退職して半年間は、競合会社に移るのは禁止、みたいな誓約を会社との間に結んでたり」

「へえー」

門前さんはフリスクの箱をスチャ、と振り、一粒を口に放り込んだ。

彼は工作機器メーカー、ベアリングメーカー、そしてうちの会社、と、三社を渡り歩いてきたベテランのエンジニアだ。僕が関東事業部に配属されてからは、一緒に仕事をすることが多かった。

「梶《かじ》くんの転職先って、別に競合じゃないでしょ?」

「ええ、全然違いますね」

「競合他社なんて、わざわざ、行かないよなあ」

「そうですねえー。他も環境は一緒でしょうしね」

「まあな」

十八時に埼玉の営業所を出て、もうすぐ二十時だった。目指す新潟の工場まで、あと三時間。着いたら、僕らの仕事は始まる。

「結局、うちらは機械を売ってるっていうより、二十四時間稼働するプラントを丸ごと売ってるわけだからな」

「そうですね」

会社の主力製品は、牛乳やジュースなどの飲料を紙パックに無菌充填する機械だ。様々な食品のパッケージング・ソリューションを提供します、と会社のWEBサイトでは謳っている。

機械によっては三百六十五日、二十四時間フル稼働で、コンマ数秒ごとに商品を生みだしていく。つまりそれは、大きなトラブルで機械が止まってしまえば、客先の利益が、秒速でこぼれ落ちていくということだ。

そんな製品の特性上、エンジニアの職務は厳しくならざるを得ない。夜中に電話がかかってきて、今から秋田に行ってくれ、などと頼まれることもあるし、休日に呼びだされることも多い。だから人の入れ替わりは激しく、いちいち送別会や歓迎会もしない。ずっとできる仕事ではないよな、と、同僚同士で言いあっていたりもする。

「ただまあ、うちは良い会社なんだけどね」

「ええ。それはそう思います」

一ヶ月後には退職する立場だが、本当にそう思っていた。価格競争にさらされていないから、会社の経営は安定している。出張手当やら休日出勤手当やら残業手当やらが積み重なって、給与はかなりの額になる。

「ただ、どうしてもプライベートは犠牲になるよな。もう少し、普通に働けたほうがいいって思うけどさ」

エアコンの温度を調節した門前さんが、またフリスクの箱を振った。

「いる？　眠気醒ましに」

「いえ、大丈夫です」

夜の門前さんは、運転する僕に頻繁にフリスクを勧めてくる。

「だけど結局、普通なんてものはないからな。仕事によって働き方が変わるのは当たり前だしね。人類が紙パックでジュースを飲む以上は、誰かがこの仕事をしなきゃならないんだから」

「その通りですね」

独特のプレッシャーがある、と、以前、門前さんは言っていた。目の前の仕事をしながらも、いつどこで機械がトラブルを起こすのかわからない。だけどそういうのも慣れてくるというか、僕の場合は、最初からそういうものだと思っている。

「梶くんって、入社何年目だっけ？」

「十一年目ですね」

「結構長いな」

「はい。一廻りか、二廻りしたって感じですね」

入社して本社で研修を受け、それから三年間は九州の営業所に配属された。九州中にある工場をサービスエンジニアとして回った。保守、点検、メンテ、修理などをしながら様々なことを学び、その後、御殿場にある本社工場に四年間勤務した。その後、埼玉にある関東営業所に異動し、今に至る。

関東営業所と言ってはいるが、実際には日本全国を飛び回って、何でもやる感じだ。本社工場で新機種の立ち上げに関わり、客先でユニットを組み立て、機械を新たに稼働させる。その機械が故障すれば修理に向かう。姉妹機に再現性のあるようなトラブルが見つかれば、全国の工場で対策をして回る。

「おれはまだ三年目だけど、仕事自体はすごく楽しいって思うよ。前職や前々職と比べても」

「へえー」

門前さんはまたフリスクの箱をスチャ、と振り、粒を口に放り込んだ。この人はフリスクを食べるときにはいつも、上目遣いの猫みたいな顔になるのだが、運転中の今はその表情を見ることができない。

「エンジニアの仕事ってのは、基本的には守りでしょ？」

「守り……って、ディフェンスってことですか？」

「そう。攻めるときもあるかもしれないけど、基本、ディフェンスだよ。納期とか品質とかコストとかを、ともかく枠に収めるのが、おれらの仕事だからさ。技術職とか職人ってのは、やっぱりディフェンスだよ」

「そうかもしれないですね」

夜の移動のときには、助手席の人間がなるべく運転者に話しかける、というのが門前さんの定めたルールだ。とは言え門前さんは、運転席にいるときにもよく喋る。

「おれは技術営業やってたこともあるけど、営業はオフェンスなんだよ。商人として人にモノを売るんだから、基本、攻めなきゃ話にならない。あとは、クリエイターとか開発も、攻めだろうな」

「……なるほど」

職種をディフェンスとオフェンスにわける発想をしたことがなかったが、言われてみればそうかもしれない。例えば広報とか企画はオフェンスだろうし、事務や製造はディフェンスだろう。

ただどんな仕事でも、局面によって、ディフェンスとオフェンスがありそうだ。だけどそこには、攻めながら守るのか、それとも守りながら攻めるのか、という違いがあるかもしれない。

「エンジニアの仕事が守りだとしてさ、そのなかでも機械の保守とか修理・メンテナンスってのは、本当に最後列のディフェンスなんだよ。つまりおれたちは、最後列で、掃除人《スイーパー》として守ってるわけよ。イレギュラーに飛んできた球を、蹴り返してんだな」

水上《みなかみ》ICを過ぎた車が、トンネルに突入した。

「最後列で守るってのはさ、つまり、後ろには誰もいないんだから。責任が大きいわりには、結局、地味で大変になるでしょ」

「そうかもしれないですね」

「そのぶん、他にはない喜びがあるってことを、おれは知ったんだよ。だって前に長野の工場行ったときなんかすごかったでしょ」

「……ああ」

半年前に門前さんと二人で長野の工場へ修理に行った。現地のエンジニアと合流して、徹夜でラインを復旧させたとき、工場内に拍手が湧いた。初めて会った人たちと握手を交わし、涙ぐんだ工場長とハグまでした。

「いくつか職変えて思ったのはさ、良い仕事だとか嫌な仕事だとか、それを判断するときって、条件とか待遇とか職場の雰囲気とか、そういうことばっかり、みんな言うでしょ？」

「はい」

車が一瞬の息継ぎをしたみたいだった。長いトンネルを抜けて外の風を浴び、すぐに次のトンネルに潜る。

「そういうんじゃなくてさ、基本、〝頑張ると感謝される〟っていう仕事が一番いいなって思うよ。構造的に」

「……構造？」

「うん。うちらの仕事って、現場でダイレクトに感謝されるでしょ。頑張って上司に褒められるとか、成果の競争で一番になるとか、そういうのじゃない。単純に目の前で、喜んでもらえるっていう構造がある。そういう、後工程に感謝されるって構造の仕事が、一番いいんだって」

「なるほど」

「ハードなところはあるけどね。今日だって、定時後に新潟行く、ってめちゃめちゃでしょ。普通はあり得ないよ。でもさ、先方はおれらのこと待ってるんだもんな」

「……そうですねえ」

いつトラブルが起きて呼びだされるかはわからないし、現場に行ったらいつ戻れるのかもわからなかった。旅行中とか、今夜は絶対寝ると決めたときとか、本当に本当にダメなときには、携帯を切っておけ、と言われていた。でも結局この十一年間、電話に出られないことはあったけれど、携帯をオフにしたことはない。

もしかしたら後工程に感謝されるという〝構造〟が、僕を走らせていたのかもしれない。

「自分はこの仕事しかしたことないから、良い面も悪い面も慣れちゃいましたけどね」

「そう、そうなんだよ！　仕事って日常になっちゃうからさ。転職とかして、初めて気付くんだよ」

車はまた、トンネル間の息継ぎをした。門前さんはスチャ、とフリスクの箱を振る。

「門前さんとは、いろんなところ行きましたよね」

「そうだな」

関東営業所はそもそも関東だけではなく、静岡、長野、新潟まで広くカバーしている。起こるトラブルは異音や温度上昇などの小さなものもあったし、ラインが止まってしまうような大きなものもあった。

「三年間、お世話になりました。本当に」

「いやー、こちらこそだよ」

何かあれば現場に向かって、トラブルを解析し、恒久対策が取れなければ暫定対策をした。対策が終わると解析結果を持ち帰り、再現性のある不具合なのかどうかを実験して確かめた。その結果を設計や管理や技術などの他部門にフィードバックする。

一年くらい前に、放置しておくといずれは大きな不具合を招く、設計不良が見つかった。恒久対策として特殊な修理が必要となり、二人で全国十八の工場を回った。行った先では必ず名物を食べようぜ、と僕らは誓い、無理にでもそれを実行した。

どうしても時間のなかった静岡では、コンビニで金ちゃんヌードルを啜った。

「うちの会社は、出戻り歓迎だっていうからさ」

門前さんがシートで伸びをしながら、笑った。

「梶くんも、いつか戻っておいでよ」

「じゃあ、次に転職するときには、考えますね」

僕も少し笑いながら答える。

「けど、出戻り歓迎ってのは、本当なんですかね?」

「本当らしいよ。だから退職するのだって、ほとんど引き留めないんでしょ。稼ぎたくなったら、またおいでってことだよ」

長い潜行を終えた車が、大きな呼吸をした。僕らは少しの間、黙る。

「だけど梶くんは、そもそも、どうして転職しようと思ったの? 体力の限界?」

「それも、あるかもしれないですけど……。多分、理由は一つではないですね」

「なに? もしかして、彼女に何か言われた、とか?」

スチャ、と、フリスクを振りながら、門前さんが軽い調子で言った。

「……いや、彼女はいないですよ。相変わらず」

「そうなの？　そう言えば、だいぶ前に別れたって言ってたっけ」

「ええ。もう三年になります」

車はまたトンネルに突入し、僕はステアリングを握りしめた。気圧差のせいで鼓膜が圧迫され、ゆっくりと唾を飲み込む。

「そうか。じゃあ、これから仕事から解放されて、また彼女つくって、って感じかな？」

「いや、もう彼女はできないですよ」

「そんなことないでしょ。時間があれば、すぐできるよ」

門前さんが笑いながら言った。橙色《だいだい》の連続の向こうにはまだ、トンネルの出口は見えない。

「だけど、そういう意味でも、転職してプライベートの時間を持つのはいいかもね」

「ええ。まあ、彼女は無理ですけどね」

「無理じゃないでしょ」

門前さんはまた笑った。

「これからは時間もできるし。やっぱり一番は、自由な時間が欲しくて、転職するんでしょ」

「いや、それもあるっていうか……、多分、そういうのって後付けで思うだけで、何て言うか……、最初は転職する気はなかったんですよ。転職サイトに登録したせいで、その気になってしまった感じですよ、本当に」

車はトンネルを抜け、やがて新潟県の表示が見えた。夜の関越自動車道を、僕らはもう少しだけ進む。

「いろんなこと覚えて一人前になって、今はもう多分、だいたい何でも対応できるっていうか、自信もついて……。多分、このまま働いていたら、いずれマネージメントにまわるとかですよね、きっと」

「まあ、会社的にはそうだろうな」

「そんな感じだろうなって。でも転職を意識しだしてからは、マネージメントよりは、何か新しいことをしたいなって、思い始めたんですよね」

「へえー、いいじゃん。新しい仕事って、どんな感じなの?」

「やっぱり機械の保守やメンテに関わるんですけど、保守メンテをするためのシステムを作るらしいです。だから、守りながら攻める感じですかね」

「おお、なるほどね。今までの知見を活かして、もう少し上流の仕事をするわけか」

「はい。だから、今の僕らみたいな人間が、なるべく出張しなくてすむようなシステムを作る、ってのが理想ですよ」

「なーるほど、なるほど、なーるほどん」

門前さんは何かの歌を唄うように言った。前にも聞いたことのあるその歌のようなものは、門前さんが小学生のときに流行ったフレーズだという。

「仕事って最初は、やればやるほど評価されて、どんどん量が増えていくけど、その後は、効率化したり誰でもできるようにして、減らしていくフェーズになるよな。新しい梶くんは、今の自分がやっている仕事を、なくすためにはどうする、っていう仕事をしていくわけだな」

なるほどの歌を唄う門前さんは、ときどきとてもなるほどなことを言う。

「そういうことかもしれないです。ただまあ、実際、会社に入ってみないとわからないですけどね。どんな仕事なのか、やってみないと」

「まあね。おれもここに入社する前には、まさか日本中を旅することになるとは思わなかったしな」

ニッポンの紙パック飲料を滞りなく供給するために、僕らは不定期に旅を続けてきた。だけど僕らが一緒に旅をするのは、きっとこれが最後の機会だ。

「……エアコンはもう、要らないな」

門前さんがエアコンのスイッチを切った。九月も半ばを過ぎ、夜更けになれば、ずいぶん涼しくなった。

「だけど五ヶ月かー。そんなに休めるなんて羨ましいよ」

「はからずも、そうなっちゃいましたね」

「何か予定はあるの？」

「いえ、まだ全く何も考えてないんですよ」

「何でもできちゃうんじゃないの？　旅行でもアルバイトでも何でも」

「んー、そうなんですけどね……」

遠い車のテールランプを見つめながら、僕は言った。

「門前さんは、うちの会社に来る前のブランク期間って、何してたんですか？」

「特に何かをしたってわけじゃないかなあ。引っ越したり、手続きしたり、書類書いたりしてるうちに、一、二ヶ月なんてすぐ過ぎちゃったよ」

スマートフォンをいじりながら、門前さんは言った。

「だけど一ヶ月以上ってなると、学生の頃の夏休みと同じくらいですよね？　結構、長くないですか？」

「そうだな。だからちょっとした旅行したりとか……。あと、そうだ、歯医者に行ったな。それから普段会わない友だちに会ったり、実家に帰ったり、久しぶりに墓参りしたり。プールにも二週間くらい通ったよ。あと、前の前の会社の、可愛がってた後輩に会ったな、そういえば」

遊星ハロー♪　と門前さんはまた、知らない歌を唄った。

「結構、いろいろしてるじゃないですか」

「考えてみるとそうだな。だらだらしてると、一ヶ月なんてすぐ終わっちゃうからさ。ずっとやれなかったこととか、時間できたらやろうと思ってたこととか、『To Doリスト』にして、こなしていったかな。何かそういう、やるべきこと、ってあるでしょ？」

「……ああ。あるかもしれないですね」

三十三歳だった。就職してからは目の前のことに追われて、何も新しいことなどはしてこなかった。やろうと思ったけどやらなかったこと……。やろうと思うこともなく、自分が置き去りにしてきたもの……。

「夏休みって得意だった？」

門前さんはおかしな質問をした。

「いや……別に、得意ってわけじゃないと思いますけど」

「おれは小学生のときから結構、得意だったよ。毎日、ちゃんと絵日記書いてから遊びに行ったり。宿題を七月中に終わらせたこともあったし」

「へえー」

「だけどさ、今ならもっと全然、有意義に過ごせるでしょ」

「それは、そうかもしれないですね」

「小学生の夏休みなんて、四十日も必要ないんだよ。学校行ってたほうが、むしろ楽しかったりするんだから」

夏休み……。

小学生の頃は漫然と過ごしていた。与えられる休みを、何となく消費する。夏の四十日、高い気温と長い時間を持てあますように、小学生は漫然と過ごす。

中学生になると部活に通った記憶が主だ。高校受験の頃には図書館に通って勉強をした記憶もある。高校生の夏休みは、何故だか、日常の記憶がほとんどない。

「夏休みが一回四十日として、小中高だけでも……十六ヶ月。おれたちは合計一年と四ヶ月の夏休みを、すでに過ごしているんだよ。大学入れたら二年だよ」

門前さんは律儀にスマートフォンを叩き、その合計値を計算した。

「……二年って考えたら、すごいですね、確かに」

合計二年、学生は夏になったら夏休みを得る。だけど大人になると、四十日も休めることなどない。

「交換してほしいよな」

「何をですか？」

「夏休み。小学生のときに、欲しいけど手に入らなかったものってあるじゃん。おもちゃとか自転車とかゲーム機とか。そういうのと夏休みを交換できるんだったら、小学生は交換してくれるだろ」

「ああ……」

若さとか時間とかそういうものは、かつては有り余るほどあった。暑くて、やることがなくて、持て余してしまう夏休みというものは、そういうものの象徴と言ってもいい。欲しいけれど決して手に入らないものが、小学生と大人で逆転している。

「そんななかでの五ヶ月の休暇、ってのはすごいことでしょ。多分、梶くんの〝夏休み力〟が問われてるんだよ」

「もう秋ですけどね」

僕は笑いながら言った。

目的のインターチェンジまで、あと十五キロとあった。僕らはしばらく黙ったが、やがて門前さんがその言葉を口にした。

「長期の休暇っていうと、サバティカル休暇ってのがあるらしいよ」

「……サバティカル？」

ボランティア休暇なら聞いたことがあるが、サバティカルというのは初耳だ。

「旧約聖書では、神が六日間働いて世界を創り、七日目を〝sabbaticus〟、すなわち安息日とした。サバティカルはそれにちなんだ制度である」

門前さんがスマートフォンの画面を読みあげた。サバティカルとはつまり、長期勤続者に対して与えられる、一ヶ月から一年間くらいある休暇のことだ。もともとは大学教員に多く採られていた制度で、長期間の研究や調査、執筆などの目的を果たすための休暇であり、あるいは何かを果たした後の休息、充電期間として用いる。ヨーロッパを中心に、企業でも取り入れているところがあるらしかった。日本企業での導入例は少ないが、大学では「サバティカル研修」の名称で、教員に対して本来の職場を離れた研究を認める規程があったりする。

「休む勇気、立ち止まる勇気……か。再出発のための、大人のギャップイヤー」

スマートフォンから目を離した門前さんが、うんうん、と頷《うなず》いた。

「考えてみれば、これはたいへんなことだよ、梶くん！」

門前さんは力強く言った。

「人生のなかで、一度でも、こんな休みがあるのって、すごく貴重でしょ。この五ヶ月があるかないかで、その後の人生は変わるでしょ？」

「……そう、ですかね」

「そうだよ。もっと本質的なことを言えばさ、その五ヶ月があるとわかっていたら、その前の人生だって変わるかもしれないよな？　きっと変わるでしょ」

何故だか僕よりも門前さんのほうが興奮していた。

「問われてるんだよ、梶くんの〝夏休み〟力が。だから会おうよ、梶くん！」

「え、会うって、いつですか？」

「半年後くらいに、聞かせてほしいんだよ、梶くんのサバティカルがどんなだったか」

「……はい。……もちろんいいですけど」

僕らが降りるインターチェンジまで、あと五キロ、の表示があった。

「サバティカル、か。おれだって、いつか五ヶ月休むって決めてもいいわけだよな」

門前さんが、風に身をまかせて♪　旅をはじめよう♪　などと唄った。

転職先が決まり、退職する日取りも決まったけど、その先の五ヶ月のことはまだ何も決めていなかった。

だけどとりあえず、半年後に門前さんと会うことだけは決まった。

◇

出張では門前さんのアシスタントに徹し、相手先へ退職の報告をした。対応したトラブルについては、以降は全て門前さんが窓口をしてくれる。

会社に戻り、デスクで作業していると、辞めるんだって？　などと、いろんな人に声をかけられた。はい、と答えると、頑張んなよ、と肩を叩かれる。

退職まであと二週間になったところで、取引先に挨拶のメールを送った。

その後は、定時に会社に行って定時にあがる、のんびりした日々が続いた。抱えていた案件の引き継ぎ用の書類をまとめ、門前さんや他の技術者に渡していく。それらのうちいくつかは、新しく入ってくる技術者に引き継がれるのだろう。

最後の一週間はやることもなく、のんびりと書類を整理したり、デスク周りの掃除をしたりした。次の仕事で役にたちそうなものや、キャリアを説明するのに使えそうなものを、ファイルにまとめて少しずつ持ち帰ることにする。

引き出しの奥からは、懐かしいものが沢山でてきた。入社から三年経って本社工場に異動すると決まったとき、それまでの仕事をバインダーにまとめた。書類は変色していたが、丁寧にまとめてある。

いつか役に立つだろうとまとめたのだが、結局のところ後になって目を通した覚えはなかった。今、見てみるとなかなか面白かったりするが、会社の機密に触れるような資料だから、処分しなければならない。関東営業所に来てからの書類も、同じような感じで、持ち帰れるものは少ない。

パソコンの個人フォルダも同時に覗きながら、時間をかけて書類をチェックしていった。やりかけのままの仕事があったりもしたが、わざわざ誰かに引き継ぐほどのものはない。自分が誰かから引き継いだ仕事も多く、知らない前任者の名前が書いてあったりする。この人は今なにをしているのだろう、と考えたりする。

本当なんだろうか、という感じだった。自分が会社を辞め、ここからいなくなることに現実感がない。自分がこの前任者のことを、まるで知らないのと同じように——。

ニッポンの組織は力強く、弾力性に富んでいるようだ。ずっと忙しい毎日だったが、順序だてて引き継いでいけば、自分一人の仕事など簡単に組織に吸収されてしまう。梶大樹《だいき》がいなくても、この国の紙パック飲料は滞ることなく供給される。

いつしかデスク周りはすっかり綺麗になっていた。バックアップを済ませたパソコンの個人フォルダは、削除ボタンを押した瞬間に空になるだろう。今日の荷物を持ち帰れば、個人ロッカーのなかもすっかり空になる。数日後、自分の痕跡は、この場所からすっかり消えてしまう。

現実感がないだけで、その日は着々と近付いた。

やることのない人間がうろうろしているのもよくないから、退社前日は休むことにした。会社に行かなくてもいいのに、いつもと同じ時間に、目が覚めてしまう。午前中に制服を洗濯し終えたら、部屋にいてもやることはなかった。今後のことについては、まだたいした自覚もない。ぼんやりしたまま一日を終えて眠るときに、こんなふうに過ごしていたら五ヶ月なんてあっという間に過ぎてしまうな、と思った。

迎えた退社の日、僕はスーツを着て会社に向かった。共用パソコンの前に座り、メールソフトの下書きフォルダを開いた。

お疲れ様です。梶です。この度、一身上の都合により十月末で退職することになり、本日が最終出社日になりました。本来ならば直接ご挨拶に伺うべきところ、メールでのご挨拶にて失礼いたします。在職中はたいへんお世話になり、本当にありがとうございました。

九州時代の先輩や後輩や上司、同期の仲間たち、本社や関東営業所の同僚など、お世話になった人たちに、少しずつ文面を変えたメールを送信した。

最後になりましたが、皆様のさらなるご健勝とご活躍をお祈り申し上げます。

パソコンの電源を落とすと、営業所内を回り、お世話になった人たちに挨拶をした。

人の入れ替わりの多い職場だから、手慣れた反応が返ってくる。門前さんを始め、技術者の同僚は所内にいない人も多い。

あらかた挨拶を終えてしまい、最後に総務課に向かった。まだ午前十時半だったが、今日はこのまま帰ることになりそうだ。

「お待ちしていました。応接室にどうぞ」

「はい、よろしくお願いします」

総務課長に応接室に招かれ、ソファに座った。この部屋に入るのは、ここに異動してきたとき以来だ。

「返却物、持ってきました」

「はい、こちらに、お願いします」

持ってきた健康保険証や、社員証や、制服や、業務用携帯電話や、名刺を、机に並べていった。柔和な表情をした総務課長によって、返却物のチェックシートにレ点が付けられていく。

「離職票と源泉徴収票は、一週間程度で自宅に郵送されます。こちらの住所は、まだ変わらないですよね？」

「はい」

総務課長は各種証明書などの書類を出し、公的な手続きについて説明してくれた。

関東営業所に異動してきた当初、この人にはいろいろとお世話になった。所内の施設のことや手続きのことを教わり、困ったことがあったら何でも相談してください、と言われた。その後は特に話すこともなかったが、ごく稀に、社内ですれ違うと会釈を交わした。そんなときには、異動したばかりのときのことを思い出した。

最初はこの人に迎え入れられ、最後はこの人に送られる。

親切な門番《ゲートキーパー》のような彼は、何人の技術者を迎え、何人を送り出したのだろう。まさにディフェンシブな仕事をしてきたこの人が、オフェンスに転じるようなことはあったのだろうか……。

退職に関する手続きが終わると、最後にチェックシートにサインをした。

「うちは出戻り歓迎ですから」

この人は本当にそれを言った。

「梶さんなら、本当に大歓迎ですよ。いつでも戻ってきてくださいね」

それは冗談のヴェールに包まれてはいたが、でも本気が混ざっているように聞こえた。彼は同じことを、多くの人に言うのかもしれない。でも、もしかしたら彼は今、攻めてくれているのかもしれない。

「……はい。ありがとうございます」

柔和な表情を崩さない総務課長に、僕はお辞儀をした。

「おつかれさまでした。これからも頑張ってくださいね」

「はい。頑張ります」

書類をしまい、僕は立ちあがった。微笑んだままの彼と、最後の会釈を交わす。よい旅を、と言われた気がした。

応接室を出た僕は、フロア全体に一礼し、そのまま会社を出た。もう二度とここには来ないかもしれない。でももしかしたら、出戻ることがあるのかもしれない。

これはとても嬉しいことなんだな、と、歩きながら思った。これは間違いなく嬉しいことで、もしかしたら、こんなに嬉しいことはないのかもしれない。

自分には少なくとも一つ、帰ることのできる場所ができた。僕は、自分の努力によって、それを持つことができたのだ。

人生とは帰る場所を探すための、長い旅なのかもしれなかった。それを求め、だけど得られないことに悩み、半分はあきらめていた。でもこんなふうに、それを得ることだってある。

午前十一時、十月最後の青空の下を、僕は歩いた。さよなら、と思う。もう来ることはないと思うけど、いつか戻ってくるかもしれない。でも今はさよならだ。そして――。

一歩ずつ、心が浮き立っていくのがわかった。

ずっと自覚がなかったけれど、今ならわかる。かみしめるように歩きながら、自由だと思う。

これからしばらく、僕は自由なのだ。

◇

十一月一日の朝、川面に浮かぶ鵜《う》が一斉に飛び立った。

まぶしく光る荒川を眺めながら、土手の上をのんびりと歩いた。女性の保育士さんに連れられた園児の集団や、犬の散歩をする老人とすれちがう。遠く、東京スカイツリーが見える。

土手を下りて、しばらく歩き、目的のカフェに入った。モーニングセットBを頼み、会計をする。清潔な身なりをした店員の女の子がオーダーを通し、カウンターに飲み物が出てくる。トレイを受け取り、窓際の席に座る。

自由と解放のホットドッグを食べ、安らぎと落ち着きのコーヒーを飲んだ。午前の光の溢れる店内で、胸に満ちていく充足感を確かめるように、ぼんやりと思考を弛緩させる。

しばらくは毎朝、ここに通おうかな、と考えた。ずっと、行きつけの店のようなものを持ちたかった。会社帰りに一人で気楽に寄れるバーとか、大将と軽口を叩けるような寿司店とか、三十歳を過ぎたらそういう場所が必要だ。でも今のところ特に、常連と言えるような店はない。

これから……。

この後の予定は、まだ何もなかった。ひとまず四月になると二週間程度の研修を川崎でして、その後の職場は仙台になる可能性が高いということだ。職場が仙台に決まったら引っ越さなければならないが、研修もあることだし、今は王子のアパートから動く必要はない。

手帳をぱらぱらとめくると、白の新しさが網膜に飛び込んできた。昨日、会社を出てから買った手帳には、自由記述欄が多い。この手帳の空白を、これから五ヶ月かけて、埋めていく。

コーヒーを飲みながら、最初のページを見直した。そこには昨夜、門前さんに倣《なら》って書いた、『To Doリスト』がある。

公的手続きなど、やらなければならないこと。友人知人への連絡や、入社のための準備。部屋の大掃除や靴の手入れや帰省など、そのうちしようと思っていたこと。歯の検診や、散髪など、昨夜に思いついた雑多なこと。

他にはなにかあるだろうか、と考え、洗濯槽及び水回りの掃除（重曹で）、というのを追加した。

ページをめくり、新たな空白に「連絡・報告」と書いた。ページを上段と下段に分け、上段には五ヶ月の間に会っておこうという人の名を、下段にはひとまず近況を報告できればいいかな、という人の名を書いていく。

小中高大、それぞれの友人知人で、久しく連絡を取っていない人は多かった。僕より先に会社を辞めた同期や先輩後輩で、連絡してみようかという人もいる。あと元恋人の夏菜子《かなこ》は上段か下段、どちらに入れればいいのだろうか……。

あまり唐突に連絡して、何かの勧誘かと思われるのも嫌だから、人数は少なめにした。自分の報告をしたいというより、相手の近況を知りたいというのが大きい。夏菜子については結局、下段に書いた。

さて。

またページをめくり、新しい空白を見つめた。

『To Do』に書いたものや友人への連絡などは、その気になれば一、二週間で終えることができそうだ（かつて門前さんが七月中にすべての夏休みの宿題を終えたように）。だからそれらとは別に、もっとロマンのあることを企てたい。金銭的な余裕はあるし、五ヶ月の自由があれば、どんなことでもできる気がする。

やろうと思っていたこと、やり残してきたこと、置き去りにしてきたこと。

これと言った趣味もないため、ともかくこれをとことんやろう、というものはなかった。今まで無趣味なことを少し負い目に感じていたが、この五ヶ月で逆転できるかもしれない。趣味やライフワークになるようなものを育てるには、いい機会だ。大きなことと小さなことがあるな、と、昨日からぼんやり考えていた。小さなことなら、すぐにできる。『小さなDo』とタイトルに書き、思いつく限りを空白に書き込んでいく。

映画、演劇、コンサートの鑑賞。野球、サッカー、相撲、ボクシングなどのスポーツ観戦。競馬、競艇。読書、ゲーム、写真を撮る、小旅行——。

またページをめくって『大きなDo』と書き、空白を見つめた。こちらにはサバティカル的なロマンを求めたいところだ。

サバティカルという言葉のイメージを考えると〝どこか遠くの地に長期滞在し、何かの研究や執筆をする〟という感じだ。

初老の教授がイタリアやスペインの海の近くに家を借りる。早起きをして散歩をし、午前中だけ論文に取り組む。のんびりとランチを楽しみ、昼寝をして、また散歩をする。夜には薪ストーブの近くで、音楽を聴きながらワインを飲む。いやワインではなく、ブランデーかもしれない。

日本の文豪が温泉地に逗留して小説を書きあげる、というのも、似たイメージだ。それならムーミンパパの生活も似ている。かつての冒険話をずーっと書き続けているムーミンパパは、サバティカルの王様なのかもしれない。

僕だって、小説を書いてみてもいいのだ。五ヶ月あるわけだから、一日一ページだけ書いても百五十ページ、二ページ書けば三百ページになる。面白いものになるかどうかはともかく、十年後に読み返すのが楽しみなものになればいい。

だったらやはり、どこかに長期滞在する、というのはやってみたい気がした。五ヶ月間というと厳しいかもしれないけれど、これから準備したり計画を立てたりして、簡易宿に一ヶ月か二ヶ月滞在する。これから寒くなるわけだから、暖かいところがいい。海外でもいいし、国内のどこかの島でもいいし、温泉が近くにあるところなら最高だ。

いつの間にかモーニングの時間帯を過ぎ、カフェの空席は増えてきた。『大きなDo』は空白のまま手帳を閉じ、僕は立ちあがる。返却口にトレイを置き、そのまま店を出る。

五ヶ月のロマンについて、繁華街を歩きながら、いろいろ考えてみた。

例えばアコースティック・ギターを買って練習をする、ということでも良かった。中学生のとき「The Sound of Silence」を必死に練習したことがあるから、これはやり残したことの部類に入るだろう。今なら「Blackbird」を、できれば軽く口ずさみながら弾けるようになりたい。

資格の勉強をする、というのも有意義かもしれなかった。仕事に活かせる資格というと特に思いつかないが、いきなりフォークリフト免許を取ってもいい。いや、そういうことではなくて、生活を彩るような、例えばワインソムリエとかカラーコーディネートとか、ペン習字の資格でもいい。普通自動二輪の免許を取って、バイクで旅に出るのもいいかもしれない。

誰かと飲みに行ったときにワインのうんちくを語る自分を想像して、ちょっと笑ってしまった。だけど、そういう特技というか、軽業というか、そういうものを身につけるのは愉快だ。飲みの場で披露できるような手品を極めたり、秒速で六面体のパズルを完成させたり、ジムに通ってムキムキに生まれ変わってもいい。

生涯の趣味探し、と考えてみると、木彫りとか陶芸とか蕎麦打ちとか将棋とか囲碁とかが浮かんだ。ものすごく複雑な折り紙を見たことがあったが、そういうことでもいい。巨大な戦艦の模型を組み立ててもいい。ボトルシップのようなものを作ってもいいし、手芸をやってみるのもいい。

そういえば油絵というものを一度描いてみたかったな、などと思い出しながら、電車で新宿に向かった。ひとまず紀伊國屋書店に行くつもりだったけれど、その前に新宿三丁目まで足を延ばして、画材などを扱っている世界堂に寄った。

世界堂には様々な世界への入り口があった。マンガ、イラスト、水彩画、油絵、版画、粘土細工や木彫り、石彫り。見たこともないような画材で試し描きをしてみると、自分にもなにかしらの作品が創れるような気がしてくる。真っ白いカンバスやスケッチブックや絵の入門書を見ながら、心躍る時間を過ごす。

その後、紀伊國屋書店の趣味・実用書コーナーに行けば、さらにありとあらゆる世界への入り口が並んでいた。眩《くるめ》くような気分で、メモを取りながら店内を巡る。当たり前だけど、全てをやりきることや、全てを知り尽くすことは不可能だ。だから僕はこれから、選ばなきゃならない。選ぶ楽しみを、これから存分に味わうのだ。

その日はまだ、何も決めることはできなかった。映画でも観て帰ろう、と、近くのシネコンで上映しているいくつかの映画タイトルを眺めた。上映している映画から一つを選ぶくらいなら、今の自分にも簡単にできる。

十一月一日、その日はたまたま映画の日だったため、料金がほぼ半額だった。幸先の良いスタートに、気分を良くしていた。

◇

かつて夏休みの初日に感じた気分。

届きそうで届かない記憶だけど、何かを感じたことは覚えている。

晴れた空の下、セミが鳴き始めた午前に、一人きりで取り残されていた。

計画し、遂行する夏休み――。

小学生の僕は、それにロマンを感じていた。〝生活を計画し遂行する〟という今でも難しいようなことを、小学生の僕は『夏休みの友』に導かれ、やろうとしていた。

早朝にラジオ体操に行って、戻ってきて朝食を取る。午前中に勉強をして、午後にはプールに行き、そのまま遊びに行き、夜には日記を書いて明日の準備をする。そんな感じのライフが、『夏休みの友』では理想とされていた。

ふうむ、などと思いながら、小学生の僕は、円グラフや帯グラフをにらんだ。そこに計画を書き込む、というのが『友』の最初のミッションだ。朝八時からアサガオの観察をして、九時になったら『友』の課題をやって、十時になったら自由研究をやって、十一時になったら十分休憩して、などと細かく予定を書き込んでいく。

そして翌日、おかしいな、と首をひねった。計画を立てているときには完璧だと思った。自分は明日からこの計画通りに、行動するものだと思っていた。だが実際に遂行されたのは、朝八時にアサガオを覗きにいくところまでだ。

生活の計画を立てる、という、おそらく人生で初めての試みは、あっさりと破綻した。企てたり計画をするのは楽しいが、そんなにうまくいくわけはない。実行できないことが問題なのではなく、計画のほうが間違っている。小学生の高学年くらいになると、もっと現実的な予定を立てるようになる。

中学生になると『友』はもうなかった気がする。代わりに各教科に分かれた課題表のようなものがあった。国語のところには読書感想文の要項が書いてあって、数学のところには問題集の何ページから何ページというような指示が書いてある。社会だと○○をまとめる、技術家庭だと○○を作る、つまりその課題表には、全教科ごとの課題がまとめてあった。

計画し、遂行する夏休み——。

面白いかもしれないな、と、急に思った。選べないのは、入り口が多すぎるからだ。課題表のようにジャンルを絞れば、選んでいくことができる。

スケジュール帳の空白に、国、数、英、理、社、美術、音楽、体育、技術家庭、と書いてみる。こうしてみると中学の九教科というものは、なかなか良いバランスだ。

一つの教科に、一つの課題と考えた。それからたっぷり時間をかけて、僕はそのリストを作った。

国語＝ガルシア＝マルケスの『百年の孤独』を読んでみる。
数学＝「フェルマーの最終定理」を完全理解する。
英語＝ビジネス英語を上達させる目的で、NHKの語学番組を観る。
理科＝天体観測。とてつもなくきれいな夜空を観てみたい。人工衛星を観察したい。
社会＝古墳に行ってみたい。
美術＝油絵を描く。
音楽＝アコギで「Blackbird」を弾けるようになる。軽く口ずさみながら。
体育＝開脚しての股割りを毎日する。
技術家庭＝五つくらい得意料理を増やす。
何をしても満たされないのなら、何をすればいいんだろう、とずっと思っていた。

だけどいいかもしれない。これは一つの取っかかりかもしれないし、最終目標かもしれない。いずれにしても、これは何かの始まりだ。

愛する対象を探す、今はそれでいい。先の見えない人生のなかで、僕はそれを探しにいく。

取り残された午前から立ち上がり、僕はカフェを出た。

十一月二日、サバティカルの風が吹き始めていた。

◇

『夏休みの友』はもうないから、『Trello』というプロジェクト管理ツールで、サバティカルを可視化した。一人で何かを進めたいとき、また誰かと共同で仕事するときなどに、これはとても便利なクラウドツールだ。

『Trello』はWEBベースのアプリだから、パソコンでもスマホでも気軽に開ける。まずはサバティカルという名のボードを作り、その中に左から『アイデア・メモ』、『To Do』、『Doing』、『Done』という四つのリストを作った。作ったリストのなかに、いくつかのカードを表示させる（ホワイトボードで四列を区切り、そこにポストイットを貼り付けていくイメージだ）。

カードの一つ一つには、例えば「夏菜子に連絡」とか、「英語語学番組」などと書いてある。「夏菜子に連絡」は、まだしようかどうか迷っている段階なので、『アイデア・メモ』のリストに入っている。つまりこれは今まだメモってあるにすぎないが、やるべきこととして扱いたくなったら、『To Do』のリストに移動させれば良い。

一方「英語語学番組」のほうは「股割り」などとともに、『Doing』のリストに入っていた。『Doing』の名の通り、実際に僕は今、二日に一度くらいの頻度で、股割りをしながら語学番組を観ている。

『Done』リストには、「古墳」と書かれたカードが入っていた。

もともと『アイデア・メモ』に入っていた「古墳」のカードだが、東京から日帰りで行けるような古墳を具体的に調べ、それをカード内に記入し、『To Do』に移した。しばらくそこにいた「古墳」だが、先日、天気が良い、という理由で『Doing』に移された。

その日、僕は高崎線に乗り、埼玉県の行田市《ぎょうだ》へと向かった。古墳のことなんてあまり考えたことがなかったけれど、行田に有名な古墳群があるのは知っていた。「さきたま古墳公園」として整備されているそこには、今から千年以上前に造られた古墳が、大きなものだけでも九基ある。

行田の市街地から少し離れたそこは、田園に囲まれた広い公園だった。何もないがきれいに整備されており、遠くまで芝生が広がっている。緑がせり上がった丘のようなところが古墳らしい。

そのうちの一つである稲荷山古墳は、登れるようになっていた。なだらかな二つの丘が、繋がっている。階段を上りきると、遠く、富士山が見える。円の上からぐるりと見てみると、鍵穴のような前方後円墳の形がわかる。

この巨大な前方後円墳に、誰が葬られたのか、学術的には定かでないという。ただ発掘調査によって出土した「金錯銘鉄剣《きんさくめいてつけん》」には、百十五文字の金象嵌《きんぞうがん》の銘文が刻まれていた。――いついつのいつ、これを記す。我が名は○○。我が氏族の祖先は――、などといったことが記されたその剣は、古代国家成立の謎を推理するための超A級の資料だ。鉄剣の他にもここからは、馬具、鏡、勾玉、銀環、工具など数多くの副葬品が見つかった。

隣には丸墓山《まるはかやま》古墳という円墳があって、そちらも登ってみた。円墳だけに丸い。この古墳は一五九〇年、忍《おし》城攻略のための石田三成の陣になったことで有名だ。石田三成は忍城を水攻めするため、丸墓山を含む半円形の堤を二十八キロほど築いた。古墳横にまっすぐ延びている道路が、この石田堤の名残らしい。

ほう、と思ったことを『Trello』の「古墳」カードにメモし、近くの博物館にも寄った。剣などの出土品の展示を楽しんだ後、街へと戻り、フライという名の不思議な物を食べた。円墳のような丸い食べ物、というか、簡単に言えば薄いお好み焼きで、なぜフライという名なのかはわからない。それに加えてゼリーフライという、ゼリーとは全然関係ないコロッケのような食べ物もある。

行田には謎が多い――。

帰りの電車のなかで、カードにそう書いた。フライと前方後円墳の写真をカードに貼り、しばらく眺める。

そして記念すべき、初めての大いなる移動をした。「古墳」カードは、僕の右手人差し指によって『Doing』から『Done』に移される。

初めての『Done』だった。ここにあるのはまだ一枚のカードだが、これから一枚ずつ増えていく。実際、それから十日くらいで、「得意料理1、牛すじカレー」、また「得意料理2、春菊餃子」というカードが増えることになる。

毎朝、カフェで朝食をとり、『Trello』を眺め、その日の活動を想像した。企てることは愉快で、遂行すれば満足が積み重なっていく。計画し遂行する夏休みは、僕をどこに連れて行ってくれるのだろう。

サバティカルという言葉のイメージから、最初はどこかに長期滞在することや、海外旅行といったことを考えていた。だけど今のところまだ、『To Do』に、その類いのカードはない。

どこかに行かなくても、今ここにいる自分は、旅人気分だった。街を歩けば、こんな店があったんだな、とか、こんな場所があったんだな、とか、平日の午前中にはこんなに老人がいたのか、とか、そういった発見は尽きない。

何年も住んだこの場所のことを、充分知っていると思っていた。だが知っていたのは、一部の断面に過ぎない。

平日の午前中、ここにはオフィスワーカーや同世代の人間はほとんどいない。すれ違うのは、老人や園児や主婦らしき人ばかりだ。場所を変えるのではなく、時間をシフトしたことで、僕は異邦人になった。

街を歩けば、属性から解き放たれたような浮遊感があった。ここには未就学児や老人たちはいるが、その中間はいない。ここはつまり、かつての自分がいて、いつか自分の戻るであろう時空、ということだ。

旅人の足取りで、孤独のサバティカルは続いた。朝にその日の予定をイメージし、思いつきやイレギュラーも積極的に受け入れる。自由を計画し、自由を遂行する。自分自身が思いも寄らぬ行動や思考をしていることを、自覚している。

例えば、サウナと水風呂――。

そんなものは自分の人生には、関係のないものだった。銭湯でサウナと水風呂に交互に入っている人は、修行でもしているのだろうか、と思っていた。

日中、ほとんど客のいない銭湯のサウナに、気まぐれに入ってみた。腕組みをして、何も考えずに（考えようとしても考えられないけど）耐える。およそ五分で開ききった汗腺を、その後、水風呂で一気に締める。少し休んで、またサウナに入る。温めと冷却。忍耐と解放。それらが陰陽の印（太極図）のように相まって、身体をリセットする。すると脳が開くような感覚がある。

銭湯の脱衣所から出れば、重力から解き放たれたように身体が軽かった。その後の昼ビールは、まさに時空の違う美味しさだ。これはおそらく、ようやく辿りついた砂漠のオアシスで飲む水と、同じ次元の飲み物なのだろう。

起こりそうだけど、起こらないこと。ありそうだけど、あり得ないこと。実話のようなフィクション。遠くの誰かには起こるかもしれないが、自分には起こらないと思っていたこと。

そういう非日常の種は、本当はあちこちに落ちている。勇気がその扉を開くのではなく、自由を担保する時間が、その錠を簡単に開ける。

日常と非日常は隣り合わせで、それこそ太極図のような相関にあるのかもしれなかった。今ここで留まれば日常だが、半歩、踏みだせば非日常になる。

僕の次の一手は……。

◇

7六歩――。

将棋を指すのは、多分、二十年ぶりくらいだった。角の斜め前の歩を、僕は一つ動かす。

一体、なぜこんなことをしているのかわからなかった。だがこれを、二十年の時を経た〝封じ手〟と考えてもいい。こんなところで将棋を指すことは、非日常であるようにも見えるが、何手か先には日常になっているかもしれない。

2六歩――、5四歩――、2五歩――、5二飛――。

計画し遂行する夏休みは、日常にほんの少しファンタジーの色を加える。大きなことは起こらなくても、淡いトーンの意外なできごとは、簡単に起こる。

4八銀――、4二飛――、6八玉――、6二玉――。

そもそも〝来たバス〟に乗ってみたのが、〝7六歩〟への始まりだった。

そのときサウナから出て、身体がまだぼんやりと軽かった。目にしたバス停で、ふらり、と乗ってみたのだが、路線バスに乗ること自体、かなり久しぶりのことだ。

地下鉄の発達した都心で、それでも足らない部分を、都バスは縦横に走っている。

僕が乗ったバスは、六分おきにでていて、思っていたよりも本数が多い。車内にはシルバーパスを提示して乗ってくる老人が多い。

終点まで行って戻ってこよう、とぼんやり考えていたのだが、そのバスは新宿行きだった。いつもなら電車に乗って行く新宿だが、そうか、こんなふうにのんびりバスで行く方法もあったのか、と、揺られながら思う。

東京を縦横に走る複雑な路線図を、ぼんやりと眺めた。新宿よりも先に、よく知った公園の名前を見つける。終点で乗り換えれば、そこに行けるようだ。

その公園によく行っていたのは、王子に引っ越す前だから、ちょうど三年くらい前のことだ。

あの頃、僕と夏菜子は特に目的もなく、そこで時間を過ごした。あの時間はどこに続こうとしていたのだろう……。どこにも続かないと本当はわかっていて、でもそんなことはないはずだ、と、祈るような時間を過ごしていたのかもしれない。

路線図から目を離し、窓の外に目をやった。苦いはずの遠い記憶が、バスの振動やサウナの余韻と混ざり、今は心地よく感じられる。揺れるバスは停車し、また走りだす。

それから二十分くらいは揺られただろうか。途中で眠ってしまい、時間の感覚があまりなかった。

終点の新宿で降り、世界堂に向かった。少し前に来たばかりだから、目的のフロアは覚えている。たいして迷うこともなく、ダーマトグラフというエンピツと、小さなスケッチブックを買い、店を出る。

そのまま行き先を変えたバスに乗った。バスのなかで『Trello』を開き、『To Do』にあった「風景のスケッチをしてみる」を『Doing』に移す。

今から僕は風景のスケッチをする。油彩でも水彩でも、いずれは色をつけたいが、まずはエンピツでスケッチをしてみようと思った。

弛緩した意識のまま、目的地のその公園前でバスを降りた。

始まったばかりのサバティカル、本能のように戻ってきた。ここで多くの時間を一緒に過ごした彼女と、最後に話したのもここだ。季節はちょうど今頃だったように思う。

わたしはもう行くね。

あのとき彼女は、淡々と話した。

もう少しここに残るよ、と僕が言ったら、彼女は寂しそうに微笑んだ。彼女が去っていく後ろ姿と、鮮やかすぎる空の色を、覚えている。

でもそれは、本当に正しい記憶なのだろうか……。

覚えている、と思い込んでいるだけかもしれない。公園を見渡すと、思いだすディテールはあるけれど、それだって思い込みかもしれない。頭のなかに作り出したフィクションと現実は、記憶のなかでは案外、都合良く混ざりあっている。

あのとき座っていたはずのベンチに腰掛け、彼女が去っていったはずの方角を見やった。

フィクションなのだとしたら、それでもよかった。どちらにしても、僕が描く絵は、ただの絵であって、現実ではない。

今、ここから見た光景を描けば、何かにつながるかもしれない。もしもそれを描き終えたら……。

僕はスケッチブックの白と向き合った。絵を描くという課題を決めてから、スケッチまでタスクを落としても、ずっとわからなかった。自分は一体、何を描くのだろう。何を描けばいいのだろう。

白い世界に、自分の愛を構築する——。

自分にはこの空白を埋めることなんてできない、とわかっていた。自分には描くべきものも、描きたいものもない……。だけど本当は、心のどこかでこの空白を埋めたくて、そのことを諦めていないのではないだろうか。転職に気持ちが動いたのも、今、自分に自由のタスクを課すようなことをしているのも、やっぱり諦めていないからではないだろうか……。

もしもあの光景を描けたとしたら、それが始まりになるような気がした。どちらにしても自分に描けるのは、あの光景だけなのだ。

今、ここから見える光景を描く。それがもし満足いくものとして完成したのなら、その光景の中央に、去って行く彼女の後ろ姿を描き加える。そうしたら、ようやく始めることができる。

僕と彼女のことは、終わったようでいて、何も終わっていなかった。考えたり認めたりすることから逃げるように、僕はこの三年間、仕事に没頭してきたのだ。

そして今ようやく、それを終わらせよう、としている。

迷いを振り切るように、僕は鉛筆を動かし始めた。うまく描けなくてもいい。幸いなことに、時間だけはあるサバティカルの途中だ。いつか満足のいく絵が描ければいいから、今は失敗してもいい。

拙《つたな》いスケッチをし、その日を終えた。次の日もバスを乗り継いで公園に行き、同じベンチに座って、新たにスケッチをする。

晴れた日の続く十一月の日々、同じ光景を、毎日、飽きずに描いた。基本的にはオフェンシブに、ときにはディフェンシブに空間を表現する。うまくいく日もあるし、いかない日もある。やがて水彩で色を塗るようにもなった。

平日の昼下がりは、まだ子どもたちのいない、のどかな時間帯だ。たまには描きながらビールを飲んだりもする。お酒は太陽の下で飲むと二割増しで美味しいし、飲んでいるときには、絵の自己評価も高くなる。愉快だ。

良かったんじゃないかな、と思う。今の僕は、こんなふうに俯瞰して、あの日の光景を描いている。あれは悲しい光景ではなかったのかもしれない。

「ショーギできる?」

人懐っこい声が、お酒で丸まった思考のなかに飛び込んできた。振り返ると、てかてかしたダウンジャケットを着た老人が、嬉しそうに笑っている。

「ショーギやろうよ。できるでしょ？」

「……はい、多分」

声がうわずってしまったのは、人との会話が久しぶりだったからだ。そもそも発声自体、久しぶりだ。

「じゃあ、一局、付き合ってよ。絵のほうは今日はここまでにしてさ。どうせさっきから、手を動かしてなかったでしょ？」

「……はい」

いつから見られていたのだろう……。そして将棋と言われても、最後に指したのは多分、小学六年生のときだ。あとは長野の工場で、昼休みに将棋をする人たちを、見学したくらいだ。

「だけど弱いですよ、かなり」

「強い人と比べたら、誰だって弱いもんだよ」

なるほど、と思ってしまったのは、少し酔っていたからかもしれない。おじいさんはにかりと笑い、ベンチの真ん中に将棋盤を置いた。

突然だが、僕はこれから、見ず知らずの老人と将棋を指す。

「……いつもここで、指してるんですか？」

「そう。川沿い将棋サークルってね。あっちで好きなもんが集まってるよ。今日は人が集まらなくてね」

歩歩歩歩歩、飛、角、桂、と、僕らは駒を並べていった。並べ終えると、おじいさんは、自陣に並べた飛車と角を、さっと抜いてくれた。

「ハンデは、こんなところでいいかな？」

「……はい、多分」

ハンデが軽いのか重いのかはわからなかった。だけど普通に考えたら、飛車と角を落とした相手に、負けるわけがないだろう、とも思う。

全くの初心者だと思われているようだが、こちらも棒銀くらいはわかる。銀を棒のように前へ前へと進め、飛車を敵陣に成りこませる。小学生のときにはそれだけで、面白いように勝てた。

「じゃあ、先手、どうぞ」

「はい」

手探りのサバティカルのなか、勝負が始まった。実はそのときようやく、非日常の物語が、始まったのかもしれない。

7六歩——。

素人の自分には、盤上の最善なんてわからなかった。だけど、最初のこの一手だけは、おそらく最善に近いのだろう。

「将棋はな。いつも自分がうまくいくことを考え続ける遊びだ。プロも素人もそこだけは変わらない」

老人の手は速かった。まるで未来をよんでいるように、次々と盤上の駒を動かす。こちらは、老人が駒を動かす度に出される問題を、必死に解く、という感じだ。

7二銀不成——、5一玉——、4一銀成——、同玉——。

「将棋はいいぞ。強くなると視点が変わってくるんだよ。駒の損得がわかるようになると、次は主張というものがわかるようになっていく。新しい価値観を身につけると、それまでの自分より、少しだけ強くなっているわけだ」

どういうことなんだ、と思うのだが、いつの間にか、こちらの飛車も角も取られていた。王様の周りは敵だらけで、打開策が見つからない。

３二と右――、５二玉――。

おじいさんは饒舌に喋りながら、駒を進めた。６四玉――、７五銀上――。

語れることがあるのは素敵だなと思う。５五玉――。そして、これは……。

「……参りました」

頭を下げると、おじいさんはコンビニの袋から、パック酒を差し出した。

「手が急所に伸びるところはよかった。センスがあるよ」

「……そうですか」

紙パック飲料の製造には誰よりも詳しかったけれど、紙パックのお酒を飲むのは初めてだった。ストローで日本酒を飲むのも初めてだ。

ちゅう、と吸えば、喉にダイレクトにアルコールが飛び込んでくる。

「よし、これから押しかけ師匠をしてやるからな。絵なんて描いてるってことは、時間があるんだろ？　本気になれば三ヶ月で初段にだってなれる」

「初段、ですか」

人生の中で、何かの段位を持てる可能性を考えたことがなかった。誰かの弟子になる、というのも。

「まあ、アマチュアの五段でも、プロの六級程度なんだけどね」

パック酒を啜りながら笑う彼は、もしかして……。

「元プロなんですか？」

「違うよ、全然」

訊いてみたけど、違っていた。老人の名は吉川《よしかわ》というらしい。吉川師匠、と頭のなかでつぶやいてみる。

いいかもしれない。次の職場で趣味を聞かれた時に、「将棋です。まだ初段ですが」なんて言えたらすごくいいかもしれない。

「じゃあまた、よろしくお願いします」

九科目にそれぞれ課題があって、他に〝部活〟があってもいい。

隣り合わせの太極図のように、日常と非日常は隣り合う。何の因果か知らないけれど、ともかく僕は、吉川さんの弟子になった。

◇

十二月、サバティカルの日々は続いた。

絵を描くために公園に通い、週に三回ほどは将棋を教わる。いつものベンチで、たまにお酒を飲みながら。この平和な非日常は、なかなか楽しかった。

吉川さんは身なりが若く、革ジャンを着てインナーがロックTシャツのこともあった。

「まず、型を体に染み込ませないとな。空手なんかと一緒で、この形が良い、悪いというのをすり込むんだ」

彼は将棋を、時に論理的に、また時に感覚的に語った。

駒にはそれぞれ死角があって、その組み合わせが大切らしい。例えば飛車と金は死角が同じだから、これが一マス離れて並んだりするのは、味が悪い。お互いが支え合うのが良い形、ということになる。

「人生と一緒だよ。積み重ねてきたことを活かすには、どうすればいいかを考えればいいんだ」

師匠はときどき含蓄のある話をした。積み重ねを活かす、というのは、将棋に限ったことではない。〝これまで〟と〝これから〟を上手に結ぶのは、人生のコツかもしれない。

「人生は将棋と一緒かもしれないな。どうすれば積み重ねてきたものを、活かせるか。それが一番、大事なんだよ」

良いことは言うのだが、師匠は何度も同じ話をした。

「まあ、おれは何も積み重ねてこなかったけどな」

この世代の人に特有なのかもしれないが、彼はともかく、自分の話を聞いて欲しそうだった。将棋の話もそうだけど、同じ内容の身の上話を、何度も何度もしてくる。

師匠は七十代で、この街で一人暮らしをしている。晴れていれば毎日公園に来る。それ以外は、街をパトロールするくらいで、やることはない。

家族はいないらしい。大昔に借金問題で離婚して東京を離れ、それからずっと一人暮らしだ。十年前に、東京に戻ってきたという。

実は娘が一人、東京にいるらしい。三歳くらいまでの姿しか知らず、今はもちろん、どうしているのかも、全然、知らない。自分の居場所も伝えていない。

「何年か前にね、元妻が亡くなったと聞いてね、葬式に行こうかと思ったんだよ。だけど、どの面さげて行けるか、って話でね」

まあ、そういうこともあるかもしれないな、と思う。様々な親子関係があり、様々な人生がある。確かに師匠はロクデナシかもしれないが、彼のことを一方的に、責めることはできない。

「娘が幸せであってくれれば、それでいいんだ。今さら、おれなんかが出ていかなくてもね」

師匠は悲しそうに笑いながら、日本酒をあおった。冗談みたいな速さで空になるパックが、やりきれない思いを表しているようだ。

「おれのことは、もう、死んだと思ってるかもしれないけど……。でもそのほうがいいんだよ」

師匠は本当にそう思っているようで、深くあきらめている様子だ。だけど、その割には、同じ話を何度もする。

「今頃、何してるのかな、って、何度も思ったよ。でも、向こうの幸せのためには
さ、こっちから連絡することはできないって」

多分、師匠は納得したいのだろう。現状を変えるつもりはないし、その勇気も行動力もない。だけどそんな自分を、本当には受け入れられていないから、何度も何度も語る。今も、これまでも、多分これからも、聞いてくれる相手を探して、どこかで聞いたことのあるようなベタな物語に、身の上を落とし続ける。

そしてその話は、きっとどこかに小さな嘘を含んでいるのだろう。だけど何度も話しているうちに、物語は強固になり、本当になっていった。師匠は自分の心を、なぐさめ続けているのだ。

何度も同じ話をする師匠に、僕は具体的なことを質問した。訊けば師匠は、何でも教えてくれた。

娘の名は、おそらく旧姓に戻しただろうから、大村《おおむら》香奈《かな》。東京都出身。以前は台東区に住んでいたが、今もいるかもしれない。年齢は三十五歳で、血液型はO型。泣きぼくろがある。

「おれのことは、恨んでいるかもしれないけど。でも、恨まれてもしょうがない人

間だからさ」

将棋ではいろいろなことを教わった。四間飛車、中飛車の攻めに加えて、矢倉囲いによる守りも。だがその話については、少しうんざりすることもある。

「そりゃあ、おれだってね、自分の娘がどんな暮らしをしているか、気になるよ。でももう、おれなんかは、静かに消えたほうがいいわけだから。だって——」

「じゃあ、捜してきますよ」

僕の声は師匠の言葉を遮るような形になった。師匠がぎょっとした表情で、こちらを見る。その日、僕は『アイデア・メモ』に「捜し人」というカードを、すでに追加していたのだ。

「捜して、様子見てきますよ。大村香奈さんの」

同じ話ばかりする師匠に苛《いら》ついていた、ということもある。だけどそればかりではない。僕に非日常をくれた師匠に、非日常を返したかった。

「見つかるかはわからないですけど、でも、僕も気になるし」

師匠はなかなか言葉を発しなかった。

「捜してみても、いいですよね？　幸せに暮らしているかどうかだけでも、確認してきますよ」

「……ああ」

師匠は小さな声で言った。その声は少し、震えていた。

「頼むよ」

「わかりました。捜し人のカードは、『To Do』に移しますね」

僕が何を言ったのかわかっていないと思うけど、師匠はまじめな顔で頷いた。

◇

借金問題を抱えた師匠は、家族に迷惑をかけないように離婚した。そのとき師匠の妻と娘は、実家のある台東区の入谷《いりや》に引っ越した。その住所を知っているにもかかわらず、師匠はそれ以降、台東区に足を踏み入れなかった。

わかっているのはその住所と、名前と年齢くらいだ。住所を訪ねてみたり、ネットで名前を検索したりして、それでダメだったらプロの力を借りるくらいしか方法はないかな、などと考えていたのだが、手がかりはすぐに見つかった。

その日、捜し人のカードを『To Do』に移し、その足で住所を訪ねてみた。地下鉄入谷駅から十分程度で辿り着いた一軒家の表札には、ローマ字で「Omura」とあった。

大村香奈の母親であり師匠の元妻である女性は、五年前に亡くなったらしい。表札に書いてあるのが旧姓のまま、ということは、師匠の元妻は再婚せず、また、三十五歳の娘もまだ結婚などはせず、ここにいるのかもしれない。

再開発の波から取り残されたような、古い住宅が集まった地域だった。どの家も電柱の立つ路地ぎりぎりに建っている。こういった住宅は建て直すときには道の前を空けなければならないから、新築せずに改築を繰り返し家の広さを守っている、という話を聞いたことがある。

散歩の体《てい》を装って、大村家から駅への道を何度か往復し、その日は家に戻った。張り込んで突き止めよう、と、思ったのは、非日常に染まる脳が、冒険を求めていたからかもしれない。あるいは男子なら一度はこんなふうに探偵めいたことをしてみたい、という欲求があるのかもしれない。

翌日、早朝から開いているレンタカーの営業所に向かった。車を借りて、そのまま入谷に向かい、昨日、あたりをつけておいた駐車場に陣取る。怪しまれないように久々にスーツを着ていたし、時間をつぶすためにガルシア＝マルケスの『百年の孤独』も持ってきた。あとは一応、あんパンと紙パックの牛乳も買ってきた。

早朝、ごく稀に人が通るが、老人ばかりだ。本を読みながら見張っているが、物語はまるで頭に入ってこない。

七時を過ぎると、通勤や通学らしき人も通るようになった。本はもはや眺めているだけで、通りに神経を集中し続ける。女性が通れば背格好などをメモし、時刻をメモする（車内から写真を撮ろうかとも思ったが、さすがにやめておいた）。

今日いきなり確認できるとは思っていなかった。ただ、もしも電車で通勤をしているなら、入谷駅へと向かうこの道を左から右へと通るはずで、該当する女性は、ある程度しぼり込めるはずだ。

何日か張り込んで、最終的に家から出てくるところを確認するつもりだった。今日のところは、駅に向かう人たちの、ここを通る時刻を把握する。時刻を絞り込んだ次の機会には、もう少し大村家に接近して調べるつもりだ。

三十五歳・女性、といった感じの人は、まだ一人も通らなかった。そもそも本当にあの家に住んでいるのかどうかもわからないし、いても通勤しているかどうかはわからない。まだなにもわからない。

白いコート、中くらいのバッグ、髪が長い、三十歳くらい――。

目撃したときには、この人だ、と脳に電流が走るようだった。目に焼き付けた姿を、彼女が見えなくなってから思いだしてメモし、七時三十八分、と時刻を書き添えた。だけど、本当だろうか？　車を出て、彼女を追いかけようとしたが、今日のところは、と思いとどまる。

その後は、通勤や通学の時間が本格的に始まったのか、男性の会社員とおぼしき人や、中高生が多く通った。通勤途中という感じの女性も、何人か道を通る。午前十時を過ぎると、街のシフトが変わったかのように、歩く人はサバティカル側の人間ばかりになる。

あんパンを食べ、牛乳を飲み、僕は車の外にでた。スーツを着た僕は、営業マンに見えるだろうか。前方から来る人とすれ違ったが、足を止めずに歩いていれば、不審がられるようなことはなかった。

大村家の前まで歩いていって、さりげなく中を見やった。人がいるのかいないのかはわからない。大村香奈はどっちなんだろう。どっちの側の人間なのだろう。

周りに誰もいないことを確認し、ターンして、元来た道を歩いた。また大村家を見やり、車へと戻る。最初に受けたインパクトが大きかったからか、大村香奈のことを考えるとき、白いコートの後ろ姿が目に浮かぶ。

帰りならどうだろうか、と思った。

帰りの時間は人によってバラけるだろうし、暗くて視界も悪くなる。だけど、これくらいの人通りならば、この人だと思ったとき、車を出て後ろを付いていって大村家に入るかどうか、見届けることだってできる。背格好など、朝のメモと付き合わせることもできる。

日中だけ張り込むつもりだったけれど、やってみる価値はありそうだ。

◇

この孤独は百年続くのだろうか……。

レンタカーのなかで、僕は一人、『百年の孤独』を読んだ。作中では様々なエピソードが語られる。世代が何代も入れ替わるのだが、ホセという人物が何人もでてくる。物語の筋のようなものが、さっぱりわからない。

本を読みながら、道を行く人にはそれなりに気を配っていた。何人かの女性が通るのを見て、なるべくメモをとった。大村家の方に向かう女性がいると車を停車させたばかりな体を装って、外に出て後ろ姿を見守った。だがみんな、大村家を素通りするばかりだ。

張り込み開始から、十一時間あまりが経ち、辺りは暗くなっていた。街灯の光量は頼りないが、男女の判別くらいはできる。『百年の孤独』を閉じ、窓の外を見る。

あと少しで十八時、といったところだった。後から考えれば、これはビギナーズラックのようなものだったのだろう。

この人だ、と朝に思った人が、朝とは逆方向に通りを歩いていくのがわかった。息をひそめるように、僕は車の中から彼女を見据える。暗くて詳細はわからないが、記憶にあるシルエットが当てはまる。コート、中くらいのバッグ、髪が長い、三十歳くらい――。

彼女が見えなくなると、慎重にタイミングを計った。もう少し待つべきだ、と一つ二つ息を吐き、だけど次の瞬間には焦ってしまい、慌てて車から出る。ドアの音を立てないように、と思うあまり半ドアになってしまい、結局、ばん、と音を立ててしまう。

頼む、まだいてくれ、と歩を進めた。音が立つため、走るわけにはいかない。道に出ると、彼女との距離が思ったよりも近かったため、驚いてしまう。だけどこちらには全く気付いていないようだ。足を止め、反対側を確認するが、他に道を行く者はいない。

緊張しながら、彼女の後ろについて、ゆっくりと歩きだした。もう少し距離を取ったほうがいいだろうか。だけど、もう少し距離をつめれば、横顔くらいわかるかもしれない。いや、だめだ、今はまだ焦るべきではない。

やや距離を広げるように歩速を落とした。それほど距離があるわけではなく、その時がゆっくりと近づいてくる。彼女はそこに近づいていく。

果たして彼女は、その家に入っていった。これはサバティカルが始まってから一番の衝撃であり、ガッツポーズをするのも変だが、そんな気分だ。きっと探索の成功というのは、人間にとっては根源的な歓喜を生むのだろう。

歩きながら、彼女が入っていった引き戸を確認する。確かにそこは「Omura」の表札のあった家だ。震えるような気分で、そのまま歩を進める。

十字路のところで、足を止めた。周りに人がいないことを確認し、もと来た道を戻る。大村家の灯りがついていることも確認する。

そのまま歩き、コンビニに向かった。あんパンと牛乳をまた買って、戻ってくる。車に戻り、一息ついた。

自分は、ついているんじゃないだろうか。張り込み当日にわかるなんて、奇跡と言ってもいい。今、サバティカルのマジックが起こっている。

あんパンを食べ、牛乳を飲んだ。どうしてまた朝と同じものを買ってきたのかわからないが、つまり自分は浮かれているのだろう。

普段、注意を払わないことに意識を向けたり、普段やらないことを真剣にやってみる。そうすると、ものによってはビギナーズラックが起こる。ガルシア＝マルケスは頭に入ってこないが、「捜し人」は成功した。書を捨てて街へ出よう、とはこのことなのかもしれない。

朝に書いたメモを取りだし書き加えた。もちろん確定ではないが、あれはおそらく大村香奈だ。七時三十八分に家を出て会社に向かい、十七時四十七分に家に戻ってきた。かっちりしていながらも親しみやすさを感じさせる服装からして、事務職といった感じだろうか。

元気にやっていましたよ、と、それだけを師匠に伝えてもいいし、もう少しだけ調査しても良かった。大村香奈――。そういえば、元恋人の夏菜子と名前が似ている。

例えば明日、七時半くらいにここに来て尾行すれば、彼女が勤める会社がわかるだろう。彼女の動向を押さえたうえで、家の様子を探れば、家族がいるのかどうか、などもわかるかもしれない。

摂取した糖分が、思考を押しあげた。考えてみれば、もっと前に大村家の様子を見ておけばよかったのだ。さっき大村家の灯りがついていたのを確認したけれど、あれは一時間前からそうだったのかもしれない。姓は大村のままだが、パートナーや子どもがいる可能性だってある。

スマホで『Trello』を開き、「捜し人」を『Done』に移すか、『Doing』のままにするか考えた。彼女がどんな人なのか、知りたい気持ちはある。だけどこんなふうに勝手に探るのは、よくないことだ。

あれ……?

目の前の道を、大村香奈が駅の方向に歩いていた。見間違いではない。彼女はさっきと同じ格好をしている。

どういうことなのかわからなかったが、僕は車のドアを開いた。考えのまとまらぬまま、足音をひそめて歩きだす。

コンビニにでも行くのだろうか……。

もしそうなら、同じ店に入れば、顔を見ることもできる。さっきよりも距離を取り、大村香奈の跡をつける。彼女は一体、どこに向かうのだろう……。

どこかの店に寄ることなどはなく、彼女は迷いのない足取りで入谷駅に向かった。その足下を見つめながら、何とかついていく。足下を見つめていれば、万が一のときにも目が合うことはないだろう。

電車に乗った彼女と、同じ車両に乗り込んだ。帰宅する人で混む時間帯だが、上り電車だから、車内は案外空いている。目の端で、彼女を窺う。

通勤時と同じ格好だと思っていたが、足下を見れば違うことがわかった。通勤時はおそらくパンプスだったが、今は歩きやすそうなローファーだ。身長は百六十センチより少し低いくらいだろうか。

緊張とともに、罪悪感も芽生えていた。師匠のためとはいえ、尾行するなどというのは行きすぎた行為だ。好奇心だけでここまで来てしまったが、もう引き返せないという思いもある。

やがて何となくの気配で、彼女が電車を降りるのがわかった。他にも降りる乗客は多く、僕もさりげなく同じ駅で降りる。そこからは、本格的な尾行、という感じになった。

ホームから階段を上がる彼女は、ＪＲの構内へと向かった。人混みのせいで何度も彼女を見失いそうになりながら、必死についていく。

西へ向かう電車に一緒に乗り込み、一息ついた。車内は混雑していたが、彼女が降りる駅にさえ注意していればいい。御茶ノ水、水道橋、四ツ谷、と電車は進む。

電車が新宿に着くと、今までで一番多くの乗客が降りていった。ここで降りることを予想して身構えていたが、彼女は動かず、逆に空いたシートに座った。これから飲み会かデートか、あるいは女子会とか、習い事という線もある。

新宿で多くの客が乗り込んできたため、彼女との距離が離れてしまった。いつでも電車を降りられる位置をキープし、彼女の動きを観察する。

中野、高円寺、阿佐ケ谷、と電車はいくつかの駅を過ぎたが、彼女は動かなかった。押し出されてホームに出た僕は、再び戻って彼女を確認する。彼女はどんな表情もしていない。色白で、美しい顔だちだな、と思う。特に師匠に似ているようには見えない。

荻窪に着く直前、彼女は立ちあがった。先にホームに降りた僕は、ふらふらと旋回するようにして、また彼女の後ろに張り付いた。彼女はまっすぐに駅を出て、繁華街へと進む。

平日なのに飲み屋はどこも賑わっていた。道ゆく人は多く、拙い尾行でも不審に思われることはなさそうだ。人混みに紛れる彼女は、一度も止まることなく狭い道を進む。

あっという間の出来事だった。何人か先を歩いていた彼女の姿が、すっ、と消える。右にある雑居ビルに入っていったことを、僕は首を曲げて確認する。急いでそのビルに向かうと、エレベーターが動いている。足を止めて、それが三階で止まったのを確認する。エレベーター脇の表示には小さく「3F　アロマエステ・ラピュア」とある。

考えのまとまらぬままビルを出て、僕は白い息を吐いた。

◇

一口だけ飲もうと思ったビールが旨すぎて、コップ一杯分を飲み干してしまった。もう一口くらい飲もうかな、と、瓶を傾けコップに注ぐ。

彼女の入っていった雑居ビルの斜向《はすむ》かいにあったラーメン店で、三点盛りとビールを頼んだ。ビールに続いて出てきた三点盛りのうち、黄身のとろんとした煮卵に箸を伸ばす。

またビールを一口飲み、ふう、と息をついた。ついつい飲んでしまったが、車は二十四時間で借りているので、明日の朝返しにいけばいい。今日のミッションはもう、これで終了ということになるだろうか……。

彼女が向かった先は、女子会でも習い事でもなかった。エステの仕事をしているのか、それともエステを受ける側かもしれない。どのような店なのだろうか、と、スマートフォンで検索してみる。

アロマエステ・ラピュア——。

極上の施術で心身ともに癒やします、というようなことがWEBサイトでは謳われていた。三十分、六十分、七十分、百二十分、百八十分、と五つのマッサージコースがある。セラピストの出勤情報というものもある。

黒いシルエットの下に名前と年齢だけが書いてあった。Ami（26）、Yuri（25）、Nao（27）、Mika（28）、と、今日の出勤は四名いる。同時にいるわけではないらしく、それぞれ出勤時間が被りながらも少しずれている。

時間からすると二十一時から出勤するNao（27）が、大村香奈さんなのかもしれなかった。現在の時刻は二十時三十二分だから、少し出勤するのが早い気もするが、準備などがあるのかもしれない。あとは年齢も違うが、三十五歳を二十七歳とするくらいのサバは、普通によむものなのかもしれない。

だけど実際のところはよくわからなかった。もしかしたら受付や事務の仕事をしているのかもしれない。サイトの作りは明らかに男性客に向けてのものだが、性的なサービスをする店ではないということが謳われている。

柔らかな叉焼《チャーシュー》をつまみ、味の濃いメンマをつまんだ。ラーメンは食べる気にならなかったので、ビールをもう一本、追加する。

マッサージか、と僕は思った。そう言えば背中や腰や首が張っていて、その理由は考えなくてもわかる。今日は早朝から慣れないスーツを着て、ずっと車のシートに座っていたのだ。

自由だった。

僕はこのまま帰ることもできるが、知ることもできる。少なくともNao（27）さんに会いにいくことは、張り込んで何かを確かめることよりも簡単なことだ。ビールによる酔いも、その考えを後押し始める。

◇

古びたエレベーターを降りると、目の前に階段があって、左手にドアがあった。ドアに細身の書体で「アロマエステ・ラピュア」と示された札がぶら下がっている。札の脇に存在感のあるインターフォンがあり、ボタンを押してください、と書いてある。店舗というより、自宅とか小さな事務所という感じだ。

　非日常への入り口に立ち、自分を他者のように感じていた。何を考えるわけでもなく、僕は異世界へのボタンを、ゆっくりと押す。

　押し切っても、音はなかった。代わりにやがて、かちゃり、と、そのドアが開く。笑顔を作った女性が、半透明の声で僕を中へと誘う。

「いらっしゃいませ」

　どうぞ、と、短い言葉と笑顔で、女性は柔らかに導いてくれた。靴を脱いでスリッパを履き、ソファに座る。

「温かいお茶と、冷たいお茶、どちらにしますか？」

「冷たいお茶で、お願いします」

　微笑みを残し、女性は奥へと消えた。入り口とソファの向こうは布のカーテンで仕切られていて、奥がどうなっているのかはよくわからない。

　暖房の利いたその部屋には、間接照明の柔らかな光だけがあった。弦楽器による室内音楽が、控えめな音量でかかっている。テーブルの上で灯るろうそくが、甘い香りを放つ。

ざわめく雑踏から、夜の凪《な》いだ海に迷い込んだみたいだった。様々な色の光や、冷たい風や、人や車の音、すぐ近くにあるはずの刺激は、ここではきれいに消えている。

カーテンが開き、女性が戻ってきた。

「どうぞ」

お茶をだしてくれたその女性は、白いシャツにタイトなスカート姿だった。彼女がNao（27）さんなのだろうか。そしてNao（27）さんは大村香奈なのだろうか……。

冷たいお茶を一口飲むと、自分の喉が渇いていることに気付いた。冷やしたほうじ茶だということが喉ごしの香りでわかる。テーブルの向こうから、彼女がメニュー表のようなものを見せてくれる。

「コースはどうされますか？」

メニュー表に目を落とすと、サイトに書かれていたものと同じく、三十分、六十分、七十分、百二十分、百八十分、とコースが分かれていた。それぞれマッサージの内容や手順が書いてあるが、大きな差はない。値段は三十分が四千円、六十分が八千円と比例しており、不思議な区切りである七十分が一万円。その先は百二十分が一万八千円となっている。

「お店は初めてですか？」

「はい」

「でしたら、六十分コースがおすすめですよ」

彼女はじっと僕の目を見た。

「はい、じゃあ六十分で」

ほうじ茶を飲み干し、コップを置いた。料金は先払いということで、一万円札で支払った。

「ではこちら、よくマッサージしてほしいところを、三つか四つくらい書いてください。多くても少なくても大丈夫ですよ」

問診票のようなものとボールペンを残し、彼女はまた奥へと消えた。

その紙に目を落とし、肩、腰、などマッサージをしてほしい箇所を、レ点でマークした。お話しかけするのは？という項目もあって、前半だけ、後半だけ、ずっと、無言、と分かれている。後半だけ、の横にレ点を入れ、ボールペンを置く。

戻ってきた彼女からお釣りを受け取った。

かちゃり、と蓋をして、彼女がろうそくの灯を消した。

◇

布のカーテンの向こうは、通路のようになっていた。左右に布が吊るされていて、右側にいくつかの部屋があるのはわかるが、左の布の向こう側のことは何もわからない。

「こちらにどうぞ」

案内されたのは、一番奥の部屋だった。中に入ると、タオルを敷いた細長い小さなベッドがある。あとは服をかけるハンガーとかごがあるだけの、部屋というよりも、単なる仕切られた区画だ。

囁《ささや》くような小声で、服を脱ぐように言われ、タオルを受け取った。光が乏しいその場所で、彼女の顔はほとんど見えない。カーテンをまくった彼女は、部屋から姿を消してしまった。

言われたままに服を脱ぎ、タオルを腰に巻いた。また顔をだした彼女が、部屋を出るよう促す。彼女は僕をシャワー室に案内し、また姿を消す。無数の糸のようなくすぐったいシャワーを浴び、部屋に戻る。

暗い部屋でベッドに腰掛けて待っていると、カーテンを引いて彼女が入ってきた。さっきまでは白いシャツを着ていたが、施術用の服に着替えている。表情のよくわからない彼女の声に従い、ベッドにうつ伏せになる。

敷かれていたタオルも、背中にかけられたタオルも、ふんわりした直《じか》の感触が気持ちよかった。レ点をつけておいた腰から、マッサージが始まる。

室内音楽が、どこからか聞こえた。彼女は指や掌《てのひら》や腕全体を使って、背中や脚をもみほぐしてくれる。腕を頭の上に上げてください、などと、ときどき指示される。

無言のまま行われるマッサージは、本格的なものだった。早起きをしたのと、お酒も飲んだこともあって、ときどき眠ってしまいそうになる。やがてタオルが取り除かれ、オイルを使ったマッサージが始まったが、こちらは味わったことのない感触だ。彼女の掌が、僕の背を這うように動く。

極上のヒーリング、究極のリラックス、などとサイトでは謳っていたが、その通りだった。マッサージの気持ち良さ、ということだけではない。相手に全てを委ねる。主体性というものを一切なくすことが、深いリラックスに繋がっているのだとわかる。

考えてみれば、全てを他人に委ねてしまう時間は、なかなかないものだ。美容院でシャンプーをしてもらっているときくらいだろうか……。

「はい、仰向けになってください」

今までよりも輪郭のはっきりした声が聞こえた。もしかしたらこれで後半に入ったのかもしれない。「お話しかけするのは後半だけ」にレ点を入れたことを思いだしながら、体を起こして反転する。自分の肌からほんのりとラベンダーの香りがする。

「今日は飲まれていたんですか?」

「ええ、ビールを少し。斜向かいのラーメン屋で」

「ああ! わたしあそこ行きたかったんですけど、まだ行ったことなくて」

仰向けになっても彼女の顔はよく見えなかった。囁くようだけどはっきりした声の、ほんの少しの抑揚に、何となく彼女の表情を想像する。名前を訊くと、ナオです、と返ってきた。

彼女は手を動かしながら、きれぎれに話を続けた。おしゃべりしすぎる、というほどではないが、少しの質問に多くのことを答えてくれる。いつもは受付に男性がいるが、今はたまたまいないこと。この店にはいつも来ているわけではなく、七月や十二月といった忙しい時期に手伝いに来ていること。

「へえー、おうちはこの辺りなんですか？」

「ううん。台東区だから、結構遠いんです」

一番訊きたかったことを、さりげなく訊くことができた。彼女の手が上半身へと伸びる。

「よかったら、また来てくださいね」

「はい、来ます」

マッサージはもう少しだけ続いたが、トータル六十分はあっという間だった。

◇

十二月の最後の二週間が、静かに過ぎていった。

あれから本当に身体の調子が良くなった気がして、Nao（27）さんを指名して二度マッサージを受けた。年内の予定は、あと一回マッサージを受けるのと、年末に実家に顔をだすことくらいだ。いつしか『百年の孤独』は『Done』に移っており、代わりに「フェルマーの最終定理」が『To Do』に加わっている。

公園で絵を描き将棋を習うのは、二日か三日おきくらいに続けていた。師匠への報告は、大村香奈はかつての住所に住んでいる、ということに留めることにした。

それだけの情報を聞くのにも、師匠は少しバツが悪いようで、そうか、と言ったきり、目を伏せるだけだ。師匠から何かを訊いてくることは一切ない。

「家族構成とか職業とか、もしもっと正確なことがわかったら、伝えますね」

「……ああ、すまないな」

師匠は俯いたまま、将棋の駒を並べる。

報告をしようと思ったら、本当はそれだけに留まらなかった。訊かれたら話そうと思っているのに、何も訊かれない。というより師匠は今になって、その話を避けているようだ。

三十年以上、家族の誰とも会わなかった、そのことを申し訳ないと思っている、だが今さらどうしようもない――。大村香奈を捜すことになるまで、師匠はずっとその話ばかりだった。だが今はもう、何も語らない。同じ話ばかりする師匠に苛つくような気分で、彼女を捜す、と言ったのに。

その日、我が玉は飛車の初期位置に移動し、美濃囲いに入城した。これで、あっという間に詰まされることはない、はずだ。

型というものは美しく強い、と素人目にもわかった。自陣の二枚の金と銀が、美しく連結し、玉を守っている。

「まずは守る。次はどうするんだったか？」

将棋のことになると、師匠はいつも愉快そうだ。

「働いてない駒を活用、です」

飛車と角の下でぼんやりしていたサバティカルな銀を前進させる。

「百点の手だ」

笑う師匠は、桂を動かし、ちゅう、と日本酒を吸った。

「将棋の棋士は、一日対局すると、三キロ近く体重を落とすらしいからね。フル回転する頭脳は、それくらいエネルギーを必要とするってわけだ」

「……そうですか」

だが師匠、と僕は思う。そんなことは、日本酒を啜りながら対局している我々には、全く関係のないことだ。そんなことより師匠には、もっと大切なことがあるんじゃないですか？

将棋は面白くなり始めていた。リスクとリターンの判断。犠牲を払った分以上の戦果を積み重ねていくと、勝ちに近づいていく。この世界を教えてくれた師匠には感謝している。

師匠は人懐こくて、情が深く、悪意のない人だ。昔は借金をしたのかもしれないが、今はおそらく年金か何かの範囲で、つましく暮らしている。昼間からパック酒を飲んで仲間と将棋をしている師匠は、ロクでもない人なのかもしれないが、少なくとも僕に対しては害のない人だ。

だけど積み重なっていく、この小さな苛つきはなんだろう。あまり他人に期待せず、依存することもない自分には珍しいことだ。大村香奈さんに関して今は、師匠が知りたがっているから探っているのではなく、知りたがらないから探っているという感じになってしまった。

酒を飲み、将棋を指す。きっと彼はもう、それだけで人生に不足はないのだ。それならばそれでいいのに、自己憐憫を人生のスパイスにしている。それを一人で完結するだけでは足りなくて、他人からの同情や共感を欲しがっている。

僕は歩を進めた。取られてしまうところに成り込んだ歩が、相手の陣形を乱した(ように見える)。

「ふうむ」

と、師匠が唸った。その芝居がかった調子にも苛つくし、なんだかんだでいつも、この辺りから容赦なく逆転してくることにも苛ついている。

1四歩——、同歩——、1三歩——、同香——、同桂成——、
苛つきがピークに達する頃、自分の敗北に気付き、僕は頭を下げる。

「……ありがとうございました」

「こちらこそ、ありがとうございました」

盤をはさんでお辞儀をすれば、将棋の時間は終わりだ。師匠は仲間の元に向かい、僕はいつもの場所に向かう。

最近では将棋を終えた後、一番暖かい時間帯に、絵を描くようにしていた。もうすぐ二十枚に達するその絵を、今日も描くのだ。

ベンチに座り、スケッチブックを取りだした。一枚ずつページをめくり、描かれた光景を眺める。代わり映えのしない絵だったが、少しずつ上達はしている。

最後に辿り着いた白紙と、目の前の光景を順に見つめた。今日は気分が乗らなかったが、もう絵を描くことへの心理的なハードルはない。

イメージを固め、いつもの光景を描き始めた。夏菜子を最後に見た光景、それを描くことに意味を見いだしていた。いつかここに、去っていく彼女を描き加えるつもりだった。

彼女と過ごした日々を弔うような気持ちで――。

だけど何をやっているのだろう、と急に思った。

こんなことに意味はあるのだろうか……。

遂行する夏休みが自分に筆を取らせた。何度も描いた絵だから、筆だけは滑らかに進む。だけど余計な考えばかりが、頭に浮かぶ。

自分がまた苛ついていることに気付き、その気持ちにさらに苛ついた。頭からその考えを振り払おうとするが、うまくいかない。本当はずっと前から気付いていたことを、僕は少しずつ認めていく。

苛つくのは、似ているからだ。

自分と師匠は、根本のところで似ている。未来への思いや希望があっても、どこかで諦め、時間をやり過ごしている。何も望まないふりをして、でも本当は求めている。内面にあるのは言い訳ばかりだ。

自分の行く末は師匠と同じかもしれなかった。師匠は家族を失い、僕は家族を持てない。だけど失うことと、失うこともできないのは、同じだろうか……。

無意識にそんなことを感じ、僕は師匠や大村香奈さんのことを、知りたくてしょうがなくなっている。自己憐憫に浸る師匠のことを、羨ましいとさえ思っている。

気付けば完全に筆は止まっていた。

停止した時間のなかで、冬の風が吹き、筆を持つ手や描こうとする心を、次第に凍らせていく。それから三十分くらい、僕は静止していたかもしれない。

終わりかもしれない、と急に思ってしまった。もうこの絵を描くのは、これで最後だ。これ以上描いても仕方がないじゃないか……。

だったら、今がラストチャンスだ、と、無理矢理考えた。きっとこういうのだって、何かの契機かもしれない、と自分を鼓舞するように考える。

今まで絵を描きながら、彼女の後ろ姿を何度かイメージした。最後に残されたピースが、絵の中央に加わることを想定しながら描いてきた。手を伸ばせば、僕はいつだってそれを描ける。

描こう。

時間にすれば、数分のことだ。彼女の後ろ姿を描き加えれば、その絵は完成する。でもやっぱり、そんなことはするべきではなかったのかもしれない。

かさついた落ち葉が、ベンチの前を踊るように流れていった。僕は筆を止め、スケッチブックを膝に置く。

感傷も感興も何もなかった。この絵は、心理的にも物理的にも、どんな〝場所〟も生みだすことはない。

絵なんて二度と描くことはないだろう、とわかっていた。僕が描いた最後の絵は、こんなにも空虚だ。認めることが怖くて逃げていたけれど、彼女と僕の時間には意味なんてなかった、と、この絵はそのことだけを僕に語りかけている。

もともと弔えるようなものは、僕と彼女の時間にはなかった。

優しいふりをして逃げ続けただけの時間だった。僕らはどこにも逃げることなんてできない、と本当はわかっていた。一緒に過ごした僕らの時間は、終わっても始まってもいない、透明で乾いた時間だ。

その時間は、僕が最後に描いた絵に、とても似ている。

◇

その日以降、もうどこにも行く気にはなれなかった。

僕はすがるように『Trello』のカードを動かす。

日中も夜も部屋に籠もり、ただひたすらアコースティック・ギターを弾いた。

「Blackbird」は難しすぎたので、教本の最初にあった「The Sound of Silence」を繰り返す。

まずは一フレーズ、できるようになったら次のフレーズ、という感じだから最後までは到達しない。それでも弦の震えと減衰する音が気持ちいい。どこにも辿り着かない時間が、切ない分散和音に弔われていく。

弦を押さえる左手の指の痛みに耐えながら、僕は無心にギターを弾いた。ずっと弾いてさえいれば、いずれ指にマメができ、痛みが消える。マメは弦を押さえやすくし、でる音をきれいにする。仕事に没頭していれば、痛みに気付かないのと同じだ。

だけどそんなに簡単にマメはできず、指の痛みは増すばかりだった。痛む指先にアロンアルフアを塗ると、マメの代わりになる。それでも痛みに我慢できなくなると、ギターを置き、「フェルマーの最終定理」の本を読む。

そんな日々は、サバティカル以前の日常に似ていた。気付けばもう十二月三十日だ。その約束がなかったら、年が明けても部屋を出なかったかもしれない。

前回に予約したマッサージのために、僕は久しぶりに外に出た。

ものすごく凝っている、と、Nao（27）さんは驚いていた。部屋に籠もってギターを弾いている、と言ったら、へー、と小さな声が返ってきた。

彼女は年内、これが最後の出勤らしい。もともとヘルプで勤めている彼女は、年明けにあと一日だけ出勤して、あとはまた七月の忙しい時期になるまでここには来ないという。

長い時間で頼もうと思ったのだが、六十分が良いですよ、と妙にきっぱり勧められた。それでお願いし、あっという間に、その時間は終わる。

「年明けの三日が最後の出勤なので、良かったら来てくださいね」

「はい、来ます」

それはどちらかが破っても構わないような、小さな約束だった。だけどそんな約束が、何かを救うことだってある。

「良いお年を」

「はい、良いお年を」

僕らは微笑みあって別れた。マッサージの効果もあってか、身体と心が、少しだけ浮上した気になった。

◇

一月三日の午後三時、「アロマエステ・ラピュア」には、彼女と僕しかいなかった。最後だから長い時間にしようかと思ったのだが、Nao（27）さんは笑いながら六十分を勧めてくる。

「じゃあ、それでお願いします」

「ありがとうございます」

会計をするために奥に引っ込もうとした彼女は、あ、と声をだした。

「あけましておめでとうございます」

「おめでとうございます」

僕らは頭を下げて挨拶した。年が明けてサバティカルは折り返しに近づき、あと三ヶ月を切った。

いつも通りシャワーを浴び、簡素なベッドにうつ伏せになった。

「お正月はどうしてたんですか？」

マッサージが始まって早々、彼女が話しかけてきた。

「栃木の実家で、だらだらしてました」

「ギターは弾かなかったんですか？」

「そうなんですよ。でもそれがかえって良かったみたいで――」

実家にはギターを持っていかなかった。その間、弦を押さえなかったのがよかったのか、指先が少し硬くなった。おかげで今日の朝、爪弾いてみたギターは、以前よりもクリアな音がでた。

「実家では、料理をしてました」

「料理⁉」

やることのない実家で思い立って、「得意料理を増やす」のカードを『Doing』に移した。初日はパスタ料理をソースから手作りし、翌日には異様に手の込んだカレーを作った。だが正月で誰も食べる者がおらず、大量に冷凍してきた。

へえー、と笑いながら彼女は、ひじに体重を乗せる。

「でも正月で、のんびりできたからかな、前ほど凝っていないですよ」

「あ、そうですか。ナオさんは、実家に行ったりしたんですか？」

「いえ、どこにも行ってないです。うちは両親とも、もういなくって」

やはり間違いなく、彼女は大村香奈さんだ。それを探っている自分に罪の意識を感じると同時に、父のほうはまだ健在であることを伝えたくなる。

「今日で、ここの仕事は終わりなんですよね？」

「ええ。年末は忙しいし、年始はシフトに入れる人が少なくて、それでヘルプで入っているんですよ。これから二月に向けては、お客さんも減っていくし」

うつ伏せでいるうちに、それを言ってしまおう、と思っていた。面と向かってより、こうやって俯いている状態のほうが、言いやすい。

「……あの、今度お食事か、飲みに行ったりは、できませんか？」

断られたら断られたまでのことだ、と腹をくくりながら、僕は誘った。

「……ああ」

彼女はマッサージの手を止めずに声をだした。

「んー、でも……、どうしようかな」

彼女にすれば、こんなふうに誘われることはよくあることなのかもしれない。どちらにしても、こちらはストレートに誘うしかない。

「少し、お話しさせてもらいたくって。短くていいので、時間を作っていただけませんか？」

「……えーっと、じゃあ」

彼女は僕の足のツボを、ぐりんと押した。

「今日だったらいいですよ」

「今日この後ですか？ 僕は大丈夫ですけど」

「仕事が終わるのが十八時なんですよ。どうせその後、一人で飲もうと思ってたから」

「はい、わかりました。終わるまでどこかで待ってます、ん」

足のツボが効いて、変な声が出そうになった。ほぼ全裸でベッドに寝そべりながら、女性を誘うというのも変な感じだったが、うまくいって安堵していた。

◇

待ち合わせた改札前で、僕らは、どうも、と挨拶をした。

ずっと暗闇のようなところで顔を合わせていたから、恥ずかしそうに笑う彼女の栗色の髪の毛も、色白なところも目に新しい。多分、僕の姿も彼女には新しく映っているのだろう。

「どこか移動しますか?」

「そうですね」

ひとまず彼女の職場のあるこの街から離れようと、電車に乗った。

「もともとは秋葉原で、なにか食べながら飲もうかと思ってたんだけど」

「あ、なるほど。それだと僕も帰りやすいんで、行きましょうか」

秋葉原で、というのは日比谷線に乗り換えるからだろう。

「遠回りにならない?」

「大丈夫です、家は王子なので、秋葉原から一本ですよ」

彼女はいつの間にか、敬語を使わずに話している。

「王子って、ずいぶん遠いね。荻窪は職場?」

「職場ではないんですけど……よく来ていて」

三が日の夜の上り電車に、人は少なかった。僕らは座席に並んで座り、小さな声で会話する。

秋葉原駅を降りてすぐのファミリーレストランに、僕らは向かった。彼女はもともとそこに行くつもりだったらしい。一人で行く居酒屋として、そこはとても優れている、と彼女は主張する。

「これ、今年初めてのビールだよ」

「僕もですね」

あけましておめでとう、の声とともに、僕らは乾杯した。

「よくファミレスで飲んだりするんですか？」

「そうでもないけど、一人で静かに飲むときには、すごくいいよ」

メニューは豊富だし、カロリーや糖質量も書いてある。お酒の値段は安いし、お通しもサービス料もない。居酒屋にもドリンクバーがあればいいのに、というようなことを、彼女は熱っぽく語る。

二人のビールは減っていったが、それは警戒心や遠慮のバロメーターなのかもしれない。荻窪にいたときよりも、ずいぶんくだけたトーンで、僕らは喋った。

「あ、そうそう。ナオはお店の名前で、本当は大村香奈。よろしくね」

ずっと確認したかったことを、彼女は自分から教えてくれた。

「今日は、娘が父親と会う日なんだ。だから一人で飲んじゃおうかなって」

「そうなんですか」

美里《みさと》という名の高校生の娘がいることや、埼玉県に住んでいるその父親のことを、彼女は軽い調子で教えてくれた。

父親というのは香奈さんの元夫だという。彼と美里ちゃんは、月に一度会っている。今頃ちょうど、向こうもご飯食べてるんじゃないかな、と言って、香奈さんは笑う。

「へえー」

驚きながらも、あまり驚かないようにしながら、彼女の話を聞いた。訊いてもいいのか、と迷いながらも、彼女の気安さに、ついつい訊いてしまう。

「香奈さんは、別にお仕事されているんですか？」

「うん。普段は恵比寿にある医療機器の会社で、事務の仕事をしてるんだけど。荻窪の店は、忙しいボーナス時期とかに手伝っててね。一時期ほぼ毎日、ダブルワークでやってて、何年かして辞めたんだけど、そのときに、出戻り歓迎だからって言われて」

「出戻り歓迎ですか⁉」

「そう。ん、どうしたの？」

僕はよほど嬉しそうな顔をしていたのかもしれない。

「それ、出戻り歓迎って、素晴らしくないですか？」

「んー、何が？」

「だって素晴らしいですよ。辞めても、いつ戻って来てもいいなんて。そんな嬉しいことないじゃないですか。いつでも戻れる場所ができたってことですしね、それは」

熱弁する僕を、香奈さんが可笑《おか》しそうな表情で見た。

「ああいう業界は、いつでも女の子が足りてないからね。たいていそんな感じだよ。梶くんもなに？　どこか出戻って歓迎されるところがあるの？」

「そうなんですよ、ちょっと前に仕事辞めたんですけど、そのとき言われて――」

前職の話を少しして、二ヶ月くらい前に辞めたことを話した。今は四月まで、休養期間だと言うと、へえー、それでかー、と、香奈さんは何かに納得したような顔をした。

「梶くんはなんだか、のんびりって言うか、時間の流れ方が、他の人と違う気がしてたんだよね」

「そうでしたか」

「そうだよ、全然違うよ」

「自分ではそんなつもりないんですけど……」

サバティカル期間だからかもしれないですね、と言ったら、それは何？　と返ってきた。説明しながら、スマートフォンで『Trello』を見せる。「捜し人」のカードよりも、彼女は「得意料理を増やす」に興味を示した。

「そう言えば、実家で料理したって言ってたよね？」

「そうなんですよ。炊飯器を使ったレシピとか、簡単で本格的に見える料理を中心に、攻めようと思って」

「へえ、いいじゃん！　ねえ、今度、うちに作りに来てよ」

驚きながら、はい、ぜひ、と社交的な返事をしたのだが、仕事が明後日《あさって》まで休みだから明日か明後日はどうか、などと具体的な話が、香奈さんから提案される。

「いやいや、でも、大丈夫なんですか、娘さんもいるのに」

「大丈夫だよー」

香奈さんは、ふふ、と笑った。

「わたしね、梶くんのこと、ある程度わかるんだ。梶くんは大丈夫ってのは、肌でわかってるし」

肌でわかるというのは、慣用句的に言っているのか、それともマッサージをしてわかったということなのだろうか。

「……あの」

「ん？」

香奈さんは首を傾《かし》げた。

素敵な人だという印象は、マッサージのときも今も変わらない。その人が僕を信用して、親密に話をしてくれる。だけど自分は、この人に大きなことを隠している。ちゃんと言わなければならなかった。言った結果、距離を置かれるにしても、ちゃんと言っておいたほうが良かった。

「……実は話さなきゃならないことがあって」

真面目に切りだした僕に、香奈さんは、ん？　という顔をする。

「えーっと、じゃあさ」

香奈さんはスマホに目をやり、続けた。

「知ってる店があるから、そっちに店変えない？　もう頼んだものも食べちゃったし」

「……はい、そうしましょうか」

僕は頷き、会計のレシートを手に取った。

◇

ファミリーレストランを出て、僕らは歩いた。

裏道に入ってすぐの角にある雑居ビルの一階に、アメリカンな感じの看板が見える。目指す店はそこらしく、先に進む香奈さんが中に入っていく。

「ここ、セルフバーなんだよね」

「へえー」

席に荷物を置いて、そのままカウンターに向かった。カウンターで注文をして品物を受け取り、あとは自由に席で楽しむ、というのがこの店のシステムらしい。僕はコロナビールとピクルスを、香奈さんはジントニックを注文し、受け取ってから席へと戻る。

乾杯をした後、少し微笑んだ香奈さんは、僕の目を見た。小さなテーブルだったため、香奈さんとの距離は近い。どこから話そうかと考えていると、彼女のほうが先に口を開いた。

「娘が父親に会う日はね、こうやって一人で飲んだりするんだよね」

一口飲んだジントニックの液面を、彼女は揺らすようにした。

「月に一回だから、娘が小学生のときなんかは、その日に用事を入れたり、溜まった家事をしたりしてたんだけど、最近は、ぼんやりしながらしみじみとね、ああ、美里も大きくなったなあ、なんて考えながら、飲んでる」

「美里ちゃんって、いくつなんですか？」

「十六歳。四月には高校二年生だからねー。小学校高学年くらいからは本当、あっと言う間だったよ」

ふふ、と笑いながら、彼女はまた一口、ジントニックを飲んだ。

「父親と、どんなふうに会ってるのか、今はもう、あんまり想像つかないんだよね。わたしが向こうと十年くらい会ってないってのもあるけど」

「そうなんですか」

「うん。小さい頃は、映画観たとか、何か買ってもらったとか聞いたけど、最近はご飯食べて、話してってくらいらしいし。でもそれって、どんな感じなんだろ」

「……親子デート、みたいなことですかね」

「そうなのかな。でも、親子デートってなに？　そんなの本当にあるの？」

「ちょっと僕も、あまりわからないですけど」

僕に似た経験はまるでないし、香奈さんにもないことを知っている。

「最近は、健気《けなげ》だなあって思っちゃうかな。今日だってわざわざ埼玉まで行って……、もちろん父親に会いたいって気持ちはあるんだろうけど、今は友だちと会ってたほうが楽しいだろうし」

香奈さんは指の平で、ジントニックの氷をちょん、と弾いた。

「わたしたちが離婚したことで、やっぱり娘に対しては、罪悪感みたいなものがあって……。わたしは普段、娘と一緒にいるからそんなこと言ってられないけど……。父親のほうは、何年経ってもあるんじゃないかと思うの。でも娘と会って、娘が笑えば、向こうは許された気持ちになるだろうし」

「……そうかもしれないですね」

「親が離婚するってのは、小学生の美里にとっては、許すしかないことで……。そのときだけじゃなくて、その後もさ、彼女は月に一度、父親に会って、許し続けているんだよね」

師匠と香奈さんのことも重ねながら、僕はその話を聞いていた。

「なんか、お線香あげてくれてるのかも、って」

「お線香ですか？」

「うん。言い方が正しいのかはわからないけど……。かつてあった夫婦の関係性は、今はもうまるでないわけでしょ。わたしもほとんど、思いだしたりすることはないし、向こうにはもう、新しい家庭もあるし……。この世にはまるでないものを、当事者じゃないあの子一人が、弔ってくれているのかもしれないって」

弔う――。

「あの、それって……」

言葉の続かない僕を、香奈さんが見た。目を離し、ジントニックのグラスを傾け、やがて立ちあがる。

「もう一杯もらってくるけど、ビールも買ってこようか？」

「……はい。でも」

「さっき出してもらったから、今度はわたしが出すよ。コロナでいい？」

頷く僕を置いて、彼女はカウンターへと向かった。

弔う、という言葉が耳に残り、響き続けている気がした。弔うものなどなかった、と年末に思い、絵を描くのを止め、部屋に閉じこもった。どうしてその言葉が再び、こんなところで、くっきりとした輪郭をもって現れたのだろう——。

ぼんやりした淡いサバティカルだからこそ、本質は現れる。ギブアンドテイクの連鎖から外れた場所でしか、啓示のようなものは姿を現さない。

意識や思考は、本当は世界と密接に繋がっている。僕が子どもの頃、あるいは太古の人類……。生活とは、こんなふうに意識と繋がっていたのだろうか……。

「はい、どうぞ」

気付いたら香奈さんが、コロナビールを差しだしていた。ハイボールのグラスを持った彼女は、再び向かいに座る。ありがとうございます、と、僕は声にだす。

瓶の口に付いていたライムを落とすと、ほんの少し泡が立った。

「ねえ、それで、話ってのはなに？」

「……ああ」

その話をするために、この店に来たのだった。

隠しているわけにはいかないと、さっきまでよりも強く思っていた。本当はもっと早く、話すべきだったのだ。

「あの、すみません。本当はもっと早く、ちゃんと言うべきだったんですけど……、吉川さんってご存じですか？　僕は偶然に知り合ったんですけど――」

どう話すのがいいのかわからなかったので、時系列通り、そのままを話すことにした。

公園でたまたま吉川さんと出会って、将棋を指すようになったこと。彼からずっと会っていない大村香奈という娘がいる話を聞いたこと。僕が捜してきましょうか、と言ったこと。健在かどうかを確かめようと、聞いた住所を訪ねたこと。

香奈さんは驚いた表情で、僕の話を聞いていた。

「それで……、香奈さんが家から出てくるところを見て、僕は、つい跡をつけてしまって……。その日の後は、普通にマッサージに通っていたんですけど……」

さすがに言いよどみながら、僕は告白した。

「吉川さんには、香奈さんがかつての住所に住んでいる、ということだけを伝えました」

じっとテーブルの一点を見つめる香奈さんに、僕は頭を下げた。

「本当に申し訳ありません」

しばらくして頭を上げると、香奈さんがこちらを見た。

「んー、ちょっと」

首を捻った香奈さんがハイボールを一口飲む。

「何て言うか……、驚いた」

「はい。謝って済むことではないですが、本当にすみません」

僕は再び頭を下げた。

「……んー、そうか」

またハイボールのグラスを傾ける彼女は、喜怒哀楽のどれにも当てはまらない表情をしていた。怒っているのか、不快に思っているのか、それともまだ思考が追いついていないのかもしれない。

黙ってハイボールを飲む彼女を、僕はしばらく見守った。やがてそれを飲み干した彼女が、ゆっくりとグラスを差しだす。

「ひとまずこれ、お代わり、お願い」

「はい」

グラスを受け取った僕はカウンターに向かった。

気付けば緊張して、汗をかいていた。ハイボールを買って戻り、黙ったままの香奈さんに渡す。

店内には五つのテーブルがあって、一つだけ空いていた。窓際に立って飲めるスペースもあるから、客の入りは半分くらいだろうか。どの客も騒ぐようなことはなく、静かに会話している。

「なんだか変だな、と思ってはいたんだ」

と、香奈さんが言った。

「梶くんって、何だか珍しいタイプのお客さんだったから。どうして来るのか、わからないっていうか」

「すみません。二回目からは単に、マッサージが気に入ってしまって」

「だけどそんなに、凝ってるわけじゃないし」

「そうなんですか？」

「全くってわけじゃないけど、通ってくる人は、たいていみんな、もっとがっちがちに凝ってるよ」

「……すみません。本当に」

「それはもういいよ。少しは怒ったほうがいいのかなと思ったけど……、あんまりそんな気にもなれないし……、実際怒っているわけじゃないしね」

彼女は他人事のようなトーンで言った。

「梶くんは、黙っていることもできたわけだし、教えてくれたのは良かったよ」

「……恐縮です」

「ただ驚いたっていうか、戸惑ったっていうか……」

彼女はハイボールのグラスを持った。だけどそれを飲むことはなく、また手を離す。

「んー」

香奈さんは首を傾げた。

「だけど、そういうのも、何か違うんだよね」

「何がですか？」

「父のことが、ぴん、とこないのよね。自分がどうしたいとか……、どう思いたいとかってのが」

彼女はゆっくりとハイボールを飲み、ふう、と息をついた。

「もともと、わたし、父の記憶ってほとんどなくて、何枚か残ってる写真で顔を知ってる、ってくらいで……。お母さんと別れた経緯《いきさつ》は、小学生のときに一通り聞いて、お母さんは悪く言うこともなかったけど、それが本当なのかどうかもわからないし

……、架空の話みたいな感じで……」

「借金問題、って聞きましたけど」

「うん、そう言ってた」

香奈さんはピクルスを一つつまんだ。

「大人になってからは、考えることもなかったな。関心もなかったというか……。わたしが離婚するときに、歴史は繰り返す、なんて思ったけど……」

母子家庭で育った香奈さんは、母子家庭で娘を育てている。

「ただ、五年前に母を亡くしたんだけど、そのときにね……。わたしはてんてこまいだったから、叔父が父に連絡をしてくれたらしいの……。だけど、お葬式に来たりすることはないだろう、って最初から言われてて」

「そうなんですか」

「うん……。亡くなる前の母もね、父のことを、特に口にしたりはしてなくて。……何だか、申し訳ないくらい、父のことって気にしてなかったのかも。わたしたちはずっと二人でやってきて、そういうものだって、思っていたから」

香奈さんはゆっくりと語った。

「子どものころは、周りと比べて、どうしてうちには父親がいないのかって……、でも別に悲しかったわけじゃないし、自分にとってはこれが普通だって……。お父さんが家にいる子を羨ましいって思ったことはあるけど、でもそれよりもっと羨ましく思うことがあった気がする。自分の欲しいおもちゃを持ってる子とか……。

どこかに父がいる、ってのは、ここは昔、酒屋でした、みたいなことと変わらなかった気がするかな。だから、美里とは全然、違うよね。あの子はやっぱり大変だと思うよ。リアルな父親と関わって、一緒に住めないことを、自分のなかでバランス取って生きているわけだから……。それに比べたらわたしは、自分の都合の良いように、父親の存在を考えていただけで……。どちらが幸せなのかは、また別の話だけど、少なくとも楽だったのはわたしのほうよね」

「……なるほど」

自分などいないものとして娘には生きて欲しい、と師匠は（それが本当かどうかはさておき）願っていたけれど、だいたい叶っているのではないだろうか。

「あの、ちなみに、お父さんと会ったりするのは、可能ですか？」

「いやー、それは、ちょっと厳しいかな」

「そうですよね」

「んー、どうしても嫌ってわけじゃないけど……。でも、嫌ってわけじゃない、ってくらいなら、わざわざ会うことはないと思うし……」

「ええ。そうですね」

「わたしにとって、お父さんは、まだ一度も関わってない人なんだよね」

「はい、わかります」

人は人との関わりを求めるが、関わったぶんのストレスはあるし、問題も起こる。だから、本当の意味で関わる人の数は、それほど多くはない。

「一応、考えてはみるけど……、あんまり期待しないでね。やっぱり、誰かと関わるってのは、大変なことだし、覚悟もいるし……」

「そうですね」

「関わり続けるってのは、もっとそうだし」

「はい」

今までいろいろな人と知り合い、また仲良くなった。今でもすぐに、連絡を取ろうと思えば取れる人はいる。だけど僕はその人と、関わり続けているのかと言えば、そういうわけでもない。

連絡先がわかる、というのは、関わり続けることとは違う。だったら僕には今、両親以外に関わり続けている人はいないのかもしれない。

「だけどさ、お父さんとわたしは、まだ関わってなくても、」

香奈さんは、ゆっくりと言葉を継いだ。

「梶くんはもう、わたしと関わったんだよ」

「……そうですね」

大村香奈さんを捜すと決めたのは僕だ。

あの日、香奈さんのあとを追わない選択肢もあったし、マッサージ店に入らないという選択肢もあった。その後、二度、三度と通わなくてもよかったし、今日だって、ご飯に誘わなければ、それきり会うことはなかったかもしれない。

「今日って、わたしに父親のことを、伝えるつもりで来たの？」

「いえ、すみません。言わなきゃ、とは思っていたんですけど、なかなかふんぎりがつかなくて……。ついさっき、やっぱり早く言おうって思って……」

「そっか」

多分、僕が香奈さんと関わろうとした瞬間は、今日ここで、本当のことを告げたときなのだろう。僕には何も言わないことだってできたのだ。

偶然や必然が入り乱れるように、人は人と関わる。だけど関わり続けるには、意志や覚悟が、あるいは運命のようなものが必要なのだろう。

僕らはしばらくの間、黙った。気付けば時刻は、二十三時になろうとしている。

香奈さんはスマートフォンを手に取り、指でなぞるように動かした。もしかしたら、娘の美里ちゃんに連絡をしているのかもしれない。

「あと十分くらいしたら、出ようか？」

「はい。長い時間、ありがとうございました」

香奈さんは一息ついたようにハイボールを飲み、僕も残ったビールに口をつける。

「……いろんなお客さんがいるから、だいたいわかるんだよね」

「何がですか？」

「梶くんは、害がないっていうか、関わっても大丈夫な人だって。だからわたし、最初から心を開いてるでしょ？」

「はい。……ありがとうございます」

「でも、梶くんは人の跡をつけちゃうんだよね」

「すみません！　それはつい、魔が差したというか」

香奈さんは愉快そうに笑っている。

「だけど変わってるよね。そもそもうちのお父さんと、公園で出会ったんだよね。

それで人捜しするなんて」

「……それは多分、今、自分が夏休み的な時間の過ごし方をしていて、そのせいなんだと思います」

「ああ、言ってたね。バーチカルだっけ?」

「サバティカルです」

僕は笑い、香奈さんもハイボールを飲みながら、ふふ、と笑った。

「サバティカルか。じゃあ、今度、ホントにうちに料理作りに来てよ」

「……いや、でも」

そもそも人に振る舞うほどの料理は作れないし、などと返していると、そろそろ行こう、と香奈さんが立ちあがった。

「今からですか⁉」

「違うよ、もう帰ろう、ってこと」

僕が慌てて立ちあがると、香奈さんは早くも出口に向かって歩きだしている。

「だけど、梶くんって、害のなさの裏に……、人と関わり続けられなさ、みたいなものが、ある気がするんだよね」

駅に向かう道すがら、香奈さんはそんなことを言った。

◇

飛行機を降りたら非日常の世界が広がっていた、ということはあるのだろう。トンネルを抜けたらそこは非日常、とか、地下室の扉を開けたら非日常の空間があった、とかそういうのも想像がしやすい。

だけどこの場所の今は、そういう感じではなかった。

ここは日常と非日常が混じり合った汽水域のような場所だ。考えてみれば、サバティカルが始まってから、僕がいた場所はずっとそうだったのかもしれない。

嘘みたいだ、と思う。

あのあと本当に、香奈さんの家におじゃますることになった。

週末、食材を途中で調達し、かつて歩いた道を進む。本当にいいのだろうか、と思いながら、呼び鈴を押し、嘘みたいだ、と思いながら香奈さんに招き入れられる。

美里ちゃんは不在だったが、夜には戻ってくるらしい。

「何作るの？　手伝いは必要？」

「いえ。メインはシンガポールチキンライスなんですけど、簡単なので、大丈夫です」

「へえー、楽しみ」

香奈さんは米や調味料や調理器具の場所を、ざっと教えてくれた。

「あと、わからないことがあったら、呼んでね」

「はい」

香奈さんは何かすることがあるらしく、じゃあお願いね、と言って、別の部屋に行ってしまった。

ホームパーティの準備とか、そういう感じでは全然なかった。母子二人の生活感のある台所で一人、僕は料理をする。これは不思議な出来事のはずだが、香奈さんの振る舞いはあまりに自然だ。

買い物袋から食材を取りだし、料理の手順を思い返した。まずは米をとぎ、炊飯の準備をする。それから豚バラ肉に塩コショウで下味をつける。

水道の蛇口をひねり、米をといだ。

多分、日常と非日常は揺らぐように身の回りにあるのだ。とぎ汁が完全には透明にならないのと同じように、日常と非日常の境目なんてない。

といだ米を炊飯器に移し、水に浸けた。鶏の胸肉を取りだし、フォークで穴を空けていく。やがて穴だらけになった鶏肉に塩を振る。

大村家の台所は窮屈というか何というか、動線という概念が薄かった。塩くらい使用頻度が高いアイテムはもっと手近に置くべきじゃないだろうか、と、そんなことを考えてしまうのは、僕が工場で長く仕事をしていたからかもしれない。

いつの間にか、他人の家にいる緊張感は解けていた。鶏肉の皮を下にして米に載せ、生姜《しょうが》とニンニクとうま味調味料で味付けをする。しばらく放置して米に水を吸わせ、あとは——、

炊飯器のスイッチを入れれば勝手にできあがる夢のシンガポールチキンライス。

あまり張りきりすぎないよう、無難な料理を考えてきた。アウェイでの初戦は、まずはディフェンスの意識を強く持つのが大切だ。

「どんな感じ？　手伝おうか？」

戻ってきた香奈さんに声をかけられた。

「大丈夫ですよ。あと二品作ります」

「ふーん、ビールでも飲む？」

「そうですね、飲んじゃいましょうか」

悪だくみをする大人のような気分で、僕らはにやりと笑った。

「美味しい料理を作るには、まずおおらかな気持ちになることだよね」

「ええ。食べるときも、そのほうが美味しく感じますしね」

缶ビールのプルタブを引き、こつん、と簡単に乾杯をした。時間を確認し、そろそろかな、と炊飯器のスイッチを入れる。香奈さんはテーブルの前に座り、スマホをいじり始める。

僕はまた台所に向き直り、小さい鍋に水を張り、沸騰させた。「絶妙ゆで卵」を作るには、水が沸騰してから冷蔵庫にある卵を入れ、八分ゆでた後、すぐに水で冷やすのがいい。冷蔵庫から直接、というのが温度管理という点でポイントになる。絶妙ゆで卵と非絶妙ゆで卵の境目は確かにある。

白身が固まっていく間、ネギを刻んで、チキン用のタレを作った。こちらはポン酢がベースで、コチュジャンが隠し味だ。

シンガポールチキンライス以外は、サバティカル以前に作ったことのあるメニューだ。ゆで卵の殻を剝き、特製タルタルソースを作る。これをグリーンサラダに添えた梶サラダを完成させ、一旦、料理の手を止める。

あとはチキンライスの完成に合わせて、豚キムチを作るつもりだ。炊飯が終わって、蒸らす時間を使えば、ちょうどいいだろう。

「美里ちゃんは、いつ帰ってくるんですか？」

「あー、さっき連絡があってね、遅くなるから二人で先に食べててって」

「そうなんですか？」

「うん。もしかしたら、何か気をつかっているのかもね」

「まじですか。何て返したんですか？」

「梶くんは、あなたのお父さんになる人じゃないよ、って」

笑う香奈さんにつられて、僕も笑った。ビールの力と、香奈さんの大らかさのおかげで、僕はこの時間とこの場所に馴染んでいる。

「ねえ、発見しちゃった」

香奈さんは真顔で言った。

「人が料理するところを見てると、お腹が空いてくるね」

僕はぐびり、とビールを飲んだ。そうか……。

「僕も、気付きましたよ」

「なに？」

「料理をしながら、人がお腹を空かせているのを見たら、何だか嬉しくなりますね」

「あー、それはわたし、知ってた」

自分のためだけにする料理と、人のためにする料理は違う。こんなにも違う、ということを、僕は今日初めて、知ったかもしれない。

ぴぴぴ、という電子音が、炊飯の終了を告げた。米を蒸らす前に、身が崩れないよう、素早く鶏肉を取りだす。

「じゃあ、最後の一品を作っちゃいますね」

「うん、よろしく」

最後は、大学生の頃から、よく作っていたメニューだ。下味を付けた豚バラを炒め、キムチとあわせて、卵でとじる。瞬く間に、梶豚キムチができあがる。

「美味しそう！　食べよう」

お腹を空かせた香奈さんが可愛かった。あらためて乾杯をし、二人で料理に手を伸ばす。

美味しい、と褒められながら飲むビールが、最高に美味しかった。シンガポールチキンライスのレシピを知りたがる香奈さんに、五秒くらいで説明を終える。

「え、簡単だね」

「そうなんですよ。でもこれが得意料理ってことでもいいですよね」

「うん。いいけど、これ作るの何回目なの?」

正直なところを答えると、香奈さんは、ふっ、と笑った。

「初めて作ったものを得意料理とは言わないでしょ。それはまだ、あれをくいっと動かしちゃだめだよ」

多分、香奈さんは、『Trello』のカードをまだ『Done』に移動してはいけない、ということを言っているのだろう。

「せめて二、三回は作らないとね」

「しょうがないんですよ。一人じゃなかなかこういう料理はできないし」

「じゃあ、また作りに来て。得意料理を五つ増やすんでしょ? それ全部、最低、三回は作らないとね。どんどんうちに作りに来てよ」

「まじですか？」

二本目のビールを飲む香奈さんが、ふわん、と笑った。

◇

湖に落ちた朱は、すぐに薄まり目視できなくなる。同じように、日常に混ざった非日常は、やがて消え去っていく。

日常となった非日常は、愛に変わることがあるのだという。非日常であった恋を経たカップルが、やがて夫婦になって共に歳月を重ねるように。出産もそうかもしれないし、特別な宝物を発見したときも、そうかもしれない。

僕と香奈さんの関係性に名前はなかった。恋人同士ではないし、友だちというのも違うし、その間でもない。でも囚われることをやめれば、こんなふうに日常的に会うことはできる。非日常を日常に変えることはできるのだ。

一月、休日や時には金曜の夜にも、僕は大村家に向かった。梶カレー、梶餃子、梶シチュウ、と、料理を作り、シンガポールチキンライスも、もう一度作った。二度目からは美里ちゃんとも食卓を囲んだ。乾杯するとき、三方向からグラスを合わせると、一気に団結というイメージがわいて、愉快な気持ちになる。三人での会話はたわいもないものだが、僕はもしかしたら、こういったものが欲しかったのかもしれない。

くすくすと笑いながら梶カレーを食べる美里ちゃんは、思っていたよりも子供っぽい印象だった。梶餃子のときもそう思った。だけど梶シチュウのときには、少しだけ違うことを感じた。

彼女はバランスを取ることに長《た》けているのだ。こうやって大人に囲まれているときは、少しだけ子供っぽくなる。そうすることでこの場ではでしゃばらず、誰の害にもならず、自分が干渉されることもない。

美里ちゃんはご飯を食べ終えてしばらく経つと、ごゆっくり、と、そのときだけ大人みたいな顔をして言い残し、自分の部屋に戻っていった。僕と香奈さんはその後、終電近くまで飲みながら話し、時には家を出て飲みにいくこともあった。

二月になって初めての週末、香奈さんがトイレか何かで席を外したときに、美里ちゃんがつぶやくように言った。

「来週は、お父さんのところに行く日なんだ」

行くのが嫌、と感じさせるトーンが、そこに少しだけ混ざっていた。

「梶さんは、うちに来るの？」

「まだ決めてないけど、多分、来ると思うよ」

「ふーん」

皿に残った最後の梶パスタを、美里ちゃんはくるくると器用に巻いた。

「たまには二人で、どこか遊びにいってくればいいじゃん」

「んー、そうするかもしれないけど……、まだわからないな」

「ふーん」

そうする、と答えても、しない、と答えても、彼女は喜ばない気がした。続けて何か言いそうだった彼女は、結局、何も言わなかった。香奈さんが戻ってくると、ごゆっくり、と言い残し、二階の自分の部屋に戻っていく。

僕と香奈さんは二人で飲み始めた。

「香奈さんは、美里ちゃんが何考えてるか、だいたいわかる感じですか？」

いつもよりも小さな声で僕は訊いた。

「んー、どうかな」

香奈さんは首を捻った。

「多分、わかってないと思うよ。そのほうがいいっていうか……、あれくらいの年齢になると、親には見せない部分が大きくなってくるでしょ？　そっちのことまで理解しちゃったら、それ以外の部分がまた育っちゃいそう」

「……なるほど」

「大雑把に把握しておくのが、一番いい気がするのよね。大らかな気持ちで」

ゆるゆるとビールを飲むこの人は、確かに気持ちが大らかな人だ。

「そういえば、わたし最近、ギター弾き始めたんだよ」

「ええ⁉」

香奈さんの突然の発表に、僕は驚いた。

「昔、アコギを弾いててね、もうずっと弾いてなかったんだけど、梶くんの『Trello』を見て、影響を受けちゃって」

「へえー！」

前に『Trello』の画面を、一通り見せた。「ギターを弾く」のカードに貼ってあった、「The Sound of Silence」の下手くそな演奏動画を、香奈さんは何度も見たがった。

「梶くんよりは上手く弾けるだろう、と思ったけど、あんまり変わらないかも」

「いやー、そんなことないでしょう」

「まあ、あれよりはね」

うはははは、と僕らは笑った。実際のところ僕の演奏技術は、その後、ちっとも上がっていない。

「香奈さんは、何を弾いてるんですか?」

「『Blackbird』。梶くんの代わりに弾けるようになろうかなって」

「へえ! それって何だか嬉しいですね」

「そう?」

微笑む香奈さんは、スマートフォンの画面を傾けた。

「わたしもね、これ作ってみたんだ」

香奈さんが見せてくれたのは『Trello』の画面だった。僕と同じように四つのリストが作ってあったが、カードは『Doing』のところにある「Blackbird」だけだ。

「ずっと、大変だったんだよね。もともと裕福じゃない母子家庭で、高校出て働いて、子供ができて、育てて、離婚して……。金銭面でも大変な時期もあったし、母が倒れた時期もすごく大変だったし、ずっと目の前のことだけに追われて……。娘が四大に進学したとしても、大丈夫なようにって、仕事掛け持ちして」

香奈さんは、大きく息を吐いた。

「それで最近はね、やっと楽になったんだよ。少なくとも金銭的に、あ、これでもう大丈夫なんだ、って」

「そうだったんですね」

「うん。だから、今こんなふうに過ごしているのも、ほんと偶然っていうか……、ちょっと前だったら、梶くんと飲んだりなんてしなかっただろうし」

「じゃあ、会ったタイミングがよかったんですね」

「そうなんだよ。だから、こういうのも、今は面白そうだなって」

にっこり笑った香奈さんが、『Trello』の画面を見つめる。

「でも、今までがそんな感じだったから、何も思いつかないんだよね。だからまだ

『Blackbird』だけだけど」

「……だったら、香奈さん」

言おうかどうか迷ったけれど、僕はそれを言うことにした。

「『父親に会う』ってのを、カードにしてみませんか？」

思ったよりも熱を込めて、僕はそれを誘っていた。

「カードって別に、作っても呪いにはならないし、消したければ消してもいいんですよ。『父親に会う』が『パンダに会う』に変わってもいいし。僕も最初の予定からだんだん変わっていったし、そうやって計画を、少しずつブラッシュアップしていくのが楽しいんですよ」

「へえー」

「『To do』じゃなくて、『アイデア・メモ』のところでいいんですよ」

「それは、そうだろうけど……」

香奈さんは自分の『Trello』から目を離した。

「ねえ、梶くんの、また見せてよ」

僕の『Trello』を見せると、香奈さんはひとつひとつカードを開いていった。

得意料理の五枚のカードや、古墳のカードなどには、写真やメモを残してあった。ギターや股割りのカードには、動画が貼ってある。股が全然開いていない股割り動画を見た香奈さんが、少し笑う。

「捜し人」のカードは『Done』に入っていた。カードのなかで、香奈さんと僕が笑いながら写真に収まっている。

「もう終わったものも、結構あるんだね」

「そうですね。あと二ヶ月ですからね」

「『元カノに連絡する』は、まだ『アイデア・メモ』にあるけど」

「そうですね。それはずっと、そこから動かないかも」

「ふうん」

画面から目を離した香奈さんが、僕をゆっくりと見た。

「梶くんって、どうしてこんなことを、しているんだろうね」

「タスクを作ったりすることですか?」

「うん」

「……変ですかね?」

「ここまでするのは、あまり普通ではないと思うけど」

香奈さんが心のなかにあるものを話してくれても、僕はこれまで自分の話をあまりしてこなかった。自分から話すことはたいてい、たわいのないことばかりだ。だけど深い話をしている気もした。一緒にいないとき、僕はときどき香奈さんに話しかけるような気分で、ものを考えているときがある。

「諦めていることがあって。……でも本当に諦めきれていないのかもしれなくて。だからもしかしたら、もっと諦めたい、って思っているのかもしれないです。だから、こんなことしているのかも、しれないです」

酔った頭で、僕はそんなことを言った。

「それは、どうして諦めたの？」

「……多分、どこにも行けないからだと思います」

僕は慎重に答えた。なるべく正確に、間違いのないよう。違うふうに言えばよかったと、後で悔やまないように——。

間違いを怖れすぎると、言葉はどんどん抽象的になって、意味を失っていく。だけど僕は間違えたくない。

どちらにしても僕は、その後、何も言えなかった。

微笑む感じにお酒を飲む香奈さんは、それ以上、何も訊かなかった。

◇

二月の第二週の土曜日、香奈さんと美里ちゃんは一緒の電車に乗った。

荒川の橋を渡ると、その先は埼玉県だ。美里ちゃんは橋を越えて父親の元に向かい、香奈さんは手前の赤羽駅で降りる。

香奈さんは僕と赤羽駅の改札を出たところで落ち合い、一緒に街に流れた。

一番街という名の通りを奥に進むと、昭和の色を残したような店が増えていく。

土曜だからか、余所《よそ》からわざわざやって来ていると思《おぼ》しき人が多い。僕らも同じで「昼飲み」というものをしてみよう、と、ここにやってきたのだ。

通りの角に目的の「まるます家」はあった。大きな看板に「御商談に　御家族づれに」と書かれてある。店は朝九時から開いているというが、十四時の今も、ほぼ満席だ。

運良く座れたテーブル席で、ジャン酎モヒートというものを頼んだ。つまみの種類は多く、どれも驚くほど値段が安い。ひとまず名物である鰻のかぶと焼きや、鯉のあらいや、たぬき豆腐を頼む。

「今日はゆっくり、長く、酔おうよ」

「そうですね」

会えば飲んでばかりだが、今日は昼から店で飲むという新体験で、香奈さんから熱心に誘われた。ジャン酎というものが届くと、僕らは少し笑ってしまう。

ジャン酎とはつまりジャンボな酎ハイなのだが、想像を超えるジャンボさだった。どん！という感じに届いたのは、一リットルボトルのハイリキで、それをジョッキに注ぐスタイルのようだ（四杯くらいは取れるだろうか）。注いだジョッキに、ミントの葉とライムを浮かべて、モヒート風にする。

乾杯して飲んでみると、それがまた美味しくて笑ってしまった。ジャン酎に続いて出てきたつまみの美味しさにも、その安さにも笑ってしまう。美里ちゃんに申し訳ないような気持ちになりながら、僕らは杯を重ねていく。

楽しかった。出会ってからまだ二ヶ月ほどなのだが、もうすっかり昔からの馴染みのようだ。香奈さんの朗らかで風通しの良い人柄のおかげで、僕らはこんなふうに仲良くなれた。

「香奈さんって、不思議ですよね」

「何が？」

「親切だし、親密にしてくれるっていうか……。普通、家にまで呼んでくれないじゃないですか。泊まっていきなよ、なんて普通言わないですし」

「……ああ」

香奈さんは笑い、長い髪をゆっくりと後ろに払った。

「それは多分、これが非日常だからだよ」

「非日常？」

その言葉が僕からではなく、香奈さんから出たのに、驚いてしまった。

「わたしにとって、これは非日常のできごとだから。いつか終わるってわかってるでしょ？　だから、ちょっとした旅行をしている気分なのかも。四月になれば、梶くんの夏休みも、終わるもんね」

「……ああ」

「最初のころからね、この人は大丈夫な人、ってわかったし」

「大丈夫ってのは……」

「だって、本当いろんなお客さんがいるんだよ。グレーなところもなくはない、って感じの店に見えるから……。普通の顔してても、いろんなタイプの人がいて……。そういうの、こっちは身体に触れるわけだから、だいたいわかるんだよね。まちがった期待をする人が多いっていうか……。執着したり、長く通うと恩着せがましくなったり」

香奈さんはこちらを見ていたけど、遠くを見ているようだった。遠くというより、人の奥を見ているのかもしれない。

「だけど梶くんには、まるで何も感じなかったんだよね。どうしてなんだろう、って思ってた」

一粒、二粒、と、ジャン酎のジョッキのなかで、小さな泡が浮上した。忘れていたことを思いだすように、泡はゆっくり、次々と浮上する。

店内には、様々な人の会話が、ざわざわとしたノイズとなって満ちていた。ここは世間と位相がズレたような空間だ。

「それは、もしかしたら、理由があるかもしれないです」

先週話そうとしたことを、言葉にしようかどうか、ずっと迷っていた。だけどその迷いは、ジョッキのなかの泡のように、気付けば消えている。

「自分でも、正確にはわからないんですけど……」

この非日常空間が、泡を消したのかもしれない。あるいはあれから何年も経って、気付けば泡なんてもう、なくなってしまっていたのかもしれない。あるいは香奈さんと過ごしたこの何ヶ月かの時間が、その泡を消したのかもしれない。

「多分、誰のことも、好きになったことがないんですよね」

香奈さんは何も言わず、僕をじっと見つめていた。

「アセクシャルって聞いたことありますか？　自分は多分、それだと思うんです」

夏菜子以外の人に話したことはなく、話したいと思ったこともなかった。だけど今、自分は確かに、この人に話を聞いてほしいと思っている。

ううん、と香奈さんは、ゆっくり首を振った。

「聞いたことあるかもだけど、正確には知らないかな」

「他者に対して恋愛感情とか、性的な欲求を抱かないっていう、一つのセクシャリティなんですけど」

薄い膜で隔てられた水槽のなかで、僕は声を発している。

「日本語だと、無性愛って言って」

まるます家のなかの、さらに膜で作られたカプセルのなかで、自分は遠い言葉を発している。

「自分が、それに当てはまるかどうかは、本当のところはわからないです。そういう感情がまるでないのか、って考えると、どこまでの感情が、それに当てはまるのかわからないし……。極端に少ないだけで少しはあるのかもしれないし……。他の人の心のなかと、正確に比べられるわけではないので……。それに、今まではそうでも、これから、まだそういう気持ちを、持つかもしれないじゃないですか」

じっと僕の話を聞く香奈さんが、小さな相づちを打った。

「でも、その言葉を知ったときは、すごく納得して、安心もしたんです。自分一人がそうなのかと思っていたんですけど、人口の一パーセント近くいるとも言われていて……。言葉を知って、安心するってのも変ですけど……」

「ううん。それはすごくわかるよ」

と、香奈さんは言った。

「ちなみに、それって……、いつごろ知ったの？」

「就職して、しばらく経って、二十三歳の頃です。インターネットで『恋愛感情が持てない』とかそういうキーワードで検索して、それで知った感じです。チェックシートみたいな自己診断をしてみたり……、一言でアセクシャルって言っても、人それぞれで、ちょっとずつ違うんです。無性愛者って自覚していても、パートナーとセックスできる人もいるし、そういうのが無理な人もいます。無性愛とは違って、非性愛っていうのもあって、それは、他者に恋愛感情は持つけれど、性的な欲求は感じないっていう人たちのことだったり……。

そういうのって、誰かの診察を受けて判断してもらった、というケースは多分、まれで……。僕も自分自身で、それだって思っているだけなんです。そうなんだろう、とか、かなり当てはまる、とか思っても、完全には確信を持てないというか……」

「傾向、というか、程度の問題だから？」

「はい。他の人の心のなかはわからないので……。誰だって、もともと自分のことを、普通だと思ってますよね？」

「うん、それはそうだよね」

「僕も、そんなに人と違っているとは思ってなくて、こんなものかな、って感じでした。他の人と何が違うのか、なんて深くは考えなかったですし」

記憶のなかから言葉を拾い、ゆっくりと声にしていった。

「子どもの頃は普通に、男子とも女子とも遊ぶし、違和感もなにもなかったです。少し大きくなって、友だちと好きな人を言いあう、みたいなときには、あまりぴんとはこなくても、人気投票みたいなノリで、適当にみんなに合わせてました。でもだんだん、あれ？　って……。みんなの言っている好きは、自分が思うものとはちょっと違うのかもしれないってわかって……。だから修学旅行とかでする、好きな人の話が苦手で。誰も好きじゃない、ってのは格好つけてると思われたりするし、ほんと、その場その場で、無難な答えを探す感じで……。

いろいろ考えたんです。みんなは何を言ってるんだろうって。僕だって保育園の先生のことを好きだったし、同級生の仲良い子のことだって好きだし、そのことを言ってるのかとも考えたんですけど、どうもそれとは違う。みんなの好きは、その延長に、恋愛ドラマとかにあるような世界があるんだなって……。僕の場合、恋愛系のドラマやマンガは、今でもそうなんですけど、共感とか理解ってのはなくて、ファンタジーを見てるような感覚なんですよね。

だから自分はまだ、初恋ってのをしていないんだな、ってその頃は、思ってました。どうしてそういう気持ちが湧かないのか、もどかしかったけど、でも、いつか好きな人ができるのかな、なんて考えたり……。そのことで、それなりに悩んだりはしたんですけど、中学生くらいになると、周りは恋愛のことで悩んでいるわけで、それに比べたら自分のほうが悩みは少なかったと思います。自分が特段、変わってるっていう意識もなかったし、平和な日常だった気がします。

ただ恋愛の話が苦手だったのは確かで、高校は、そういう話題があまりないほうがいいな、というのもあって、適当な理由をつけて男子校に行ったんです。普通に楽しく、高校生活を送ってました。

二年生のとき、友だちが女の子と付き合いだして、向こうの友だちと一緒に、何人かで遊ぶことがあったんです。最初は全員で仲良くやってたんですけど、そのうち一人の女の子と、二人で遊ぼう、って話になって、それから二人だけで会うようになって……。

僕はずっと楽しくやってるつもりでした。向こうも楽しそうだったし……。でもあるとき、もう会わない、って言われて。わけがわからなかったんですけど、後で友だちに聞いたら、告白とか、手を繋ぐとか、僕が全く何もしようとしなかったのが、悪かったということで……。

そのとき驚いたのは、こちらに何の感情がなくても、そういう対象になるんだ、ってことでした。好きとか付き合うとか考えてもいなかったので、不思議で……。

いろいろ恋愛の本を読んだり、友だちに相談したりもしたんです。だけど、あんまり深刻には受けとめてもらえなくて、少しは好きって思うことあるんだろ？　とか、付き合ってみればわかるよ、とか、お前はちょっと子どもっぽいもんな、とか、もっと積極的になれよ、とか、そんな感じで。そういうものかもな、とも思うけど、何かそういうことではない気がしてました。

異性を見て、きれいだな、とか、可愛いな、とかは思うんです。ただそれは、花がきれい、とか、犬が可愛い、に近い感情なんです。あと、わかりにくいかもしれないですけど、性欲みたいなものは、自分にも多少はあって、ただそれは、他者に向くものではなくて……。

　大学に入ってからは、男女で遊ぶようなことも増えて……。一年の夏くらいに、バイト先の女の子と仲良くなったんです。その子のことは、可愛いって思っていたし、話も合うし、良い子だなって。何となく向こうからアプローチがあったときに、付き合えると思ったんです。

　初めて付き合ってみて、一緒に遊んだりするのは楽しかったんです。それでそのうち、手を繋いだり、抱きしめたりってことも、しなきゃって思って……。そういうときには、向こうの感情の動きも、ある程度はわかるんです。どきどきしてるんだな、とか……。でも自分は、何も思わないっていうか……。だからよけい怖いような気持ちになって……手を繋いでも、すぐ離したくなってしまうんです。

　三ヶ月か四ヶ月くらいでした。だんだん会わなくなって、最後は『梶くんって全然、わたしのこと好きじゃないでしょ？』って言われて……。自分としては、ただ申し訳なくて……。

　それからは、そういうことから、自然と距離を取るようになりました。いつか誰かを好きになれたらいいな、って思ってましたけど……。本当にそんなことになる気は、全然しなかったです……。もしかしたら自分は男性が好きなのかな、って考えたりもしたけど、そういうわけでもなくて……。

　卒業して就職してからは、ずっと仕事に熱中してました。最初は九州にいて、知り合いの全くいない土地だったし、仕事以外にはすることがあんまりなかったんです。ごくまれに、女性と知り合うことがあっても、何も起こりようがなくて、すぐに離れてしまって……。誰かのことを好きになりたい、女の子と付き合いたいって、思わなくてはいけないって感じるばかりで……。

　もしかしたら、いい歳になったとき、お見合いとかをして結婚するのかな、って、ぼんやり考えてました。だけど、このままでいいんだろうかって、急に不安になるようなときがあって、ふと、検索してみたんです。『恋愛感情が持てない』って……。

　それで、アセクシャルっていう概念を知った感じです。知ったときには、目からうろこが落ちるような感じでした。ずっとわからなかったことが、やっと理解できたっていうか……、大げさに言えば、その言葉を知って、自分のことを神様に許してもらったような感じで……。

　異性愛者が、同性の人を恋愛対象として見ることができないのと同じ、っていう説明が、すごく腑に落ちました。それと同じように、自分は異性も同性も、恋愛対象として見ることができなかっただけなんだって。

どうして今まで調べようともしなかったんだろう、って思いました。それから夢中で調べて、変な言い方ですけど、知っていくのが楽しかったんです。同じ傾向を持つ人は、みんな、やっぱり同じなんですよ。思春期くらいに、周りと比べて違和感があって、でも自分ではわからないし、診断されたり指摘されたりすることもなくて、それであるとき『恋愛感情が持てない』で検索するんです。

修学旅行の夜が苦痛だった、ってのはよくある話でした。他人に相談すると、『性愛に対する嫌悪感』だと思われる、ってのも多くが通る道でした。『恋愛に興味がない』って誰かに言っても信じてもらえなかったり、鼻で笑われたり、『そのうちいい人が見つかるから大丈夫だよ』なんて言われたりするのもあるあるです。そして『恋愛感情が持てない』で検索して、同じような人がたくさんいるって知って少し楽になる、ってところまでセットで、多くが通る道なんです。僕もやっぱり、知ってからずいぶん楽になりました。

楽になっただけじゃなくて、希望も持てるようになったんです。いざとなれば、自分のことを相手に説明できるようになった、って思えて。自分のことを説明して、それでもいいと受け入れてくれる人が、もしかしたらいるかもしれない。そうしたら僕はその人のことを、心から尊敬できるし、尽くすこともできるし、好きになれるかもしれないって思ったんです」

僕はずっと一方的に話していた。香奈さんはときどき聞き返したり質問をしたりしたけど、だいたいはずっと、静かに相づちを打ちながら聞いてくれた。

「それから、職場が御殿場に変わって、また知らない土地に来て、仕事に追われてました。特に自分のことを誰かに話す機会もなかったんですけど、あるとき大学の同級生で、同じ写真サークルにいた女の子と、再会したんです。何年かぶりに、みんなで集まる機会があって……。

そのとき、その子と話が弾んで、多分、もともとお互いに、シンパシーのようなものがあったんだと思います。僕も彼女も、作品はしっかり作るほうでしたけど、サークル内で人間関係が濃くなっていくなか、みんなと少し距離を取ってたんですよね。二人だけ飲み会に出なかったりっていう、似たもの同士でした。

そうしていた理由は、僕のほうは話した通りなんですけど、彼女のほうは、付き合っている人がいるからだと思ってました。彼女は写真だけじゃなくて、音楽系のサークルにも顔をだしていて、そこでジャズか何かをやっている格好いい先輩と付き合っている、とか、そんな噂を聞いていて……。

僕らは相変わらずで、再会した日も、二人だけ二次会に参加しなかったんです。駅へ向かうときに、そう言えば、昔も二人で打ち上げを抜け出したことがあったよね、なんて話をして笑って。

じゃあ、今度ゆっくり会おうか、って、連絡先を交換して……。

お互いに相手への興味はあったと思います。だけど、二人ともそんな感じだから、わざわざ会うことはなさそうだなと思っていたんですけど、でも会うことになりました……」

「……ねえ、梶くん、」

一息に喋るには長すぎる話だった。

香奈さんが良い具合に話を中断してくれて、僕らはまるます家を出ることになった。店を変えようと一番街を歩いたけれど、どこも混んでいて、結局、香奈さんの家に向かった。

「……それで、僕の仕事がたまたま暇になったときがあったんです。そのことを連絡したら、会おうということになりました。多分、そもそも写真サークルで集まったこともそうなんですけど、大学を出て仕事にも慣れてきて、ちょうどみんな、これからどうしようかな、っていう時期だったのかもしれないです。少し前や、もっと後なら、会わなかっただろうし……。

僕はその頃、車を持ってたんで、ドライブを兼ねて、東京に会いに行きました。ごはんを食べに行って、共通の話題と言ってもそんなになかったんですけど、今何してるとか、昔のことで思いだせることを話したり……。ああ、そうそう、なんて言いながら、あの頃の彼氏とはどうなったの？　って、僕が何気なく聞いたんです。

彼女は、え？　って顔をしてましたけど、ジャズだか室内音楽だかをやっている先輩、と言ったら、ああ、江藤さんのことか、って。

仲は良かったし、好きだったけど、付き合ってはいない、ということでした。彼のライブを観にいったり、ピアノを教わったり、ときどきご飯を食べたり、よく二人きりで会ってたけど、彼は別の女の子と付き合ってたって。

じゃあ片思いってやつだ、って言ったら、ううん、そういうのじゃない、って彼女は首を振ったんです。あ、これは恋愛の高度なやつで、自分にはとてもわからないやつだな、って思ってました。どっちにしても、他の人の恋の話を聞くときって、うまく共感ができないから、おばあちゃんの昔話を聞くような感覚で、ああ、久しぶりにそういうのが始まるのかな、ってぼんやりしてたんです。

彼女はしばらく黙っていたんですけど、そのうち、その彼のことを話してくれました。彼は、今までで一番好きになった人で、尊敬してて、それは今でも変わらなくて……。

だけど違ったんだよね、って。

今から考えたら、彼のことを好きじゃなかったかもしれない、って彼女は言いました。

『……それって、どうしてそう思うの？』

僕は本当にわからなかったんです。

『当時ね、江藤さんに彼女ができたって聞いたとき、わたし、へえー、って思ったんだよね』

『……それは、どんな気持ちで?』

『本当にただ、へえーって。彼が嬉しそうだったから、わたしも嬉しくなっちゃったくらいで』

『羨ましいとか、思わなかったってこと?』

『うん。嫉妬とか……独占欲? そういうのがまるでなかったんだよね。……だから、考えてみたら、あれは恋愛的な好きとはちょっと違ったのかな、って、今は思う』

『うん。……触れたいとか、触れられたいとかも?』

『それも、今から考えれば、なかったんだよね』

話しながら、もしかして彼女は自分と一緒なのだろうか、って気がしてきたんです。でも、そんなことがあるわけはないって。だけど万が一、そうだったとしたら、自分は何て言えばいいんだろうって……。

それからゆっくり、話を聞いていったんですけど、結局、彼女は僕と一緒だったんですよね。全く一緒ってことはないだろうけど、近いのは間違いなくて……」

午後六時の香奈さんの家で、鏡月の水割りを飲みながら、僕は続けた。

「彼女は、自分が惚れっぽくないってことを、ずっと自覚していたらしいです。でもそのことは、むしろ誇ることで、他がおかしいんだ、って思ってたみたいです。だから大人になって、特に就職してから、焦り始めたって言ってました。子どもの頃から、結婚はするものだと思ってたみたいです。その前に、パートナーを作らなきゃって。それで積極的に出会いを求めていて、紹介されたり、告白されたりとか……。彼女、きれいな子だし、その頃いろいろあったみたいなんですよね。振り向いてくれるまで、いつまでも待つよ、って言われたり……。お試しで付き合ってみないか、って言われたり……。

女友だちに相談したら、今はぴんと来なくても付き合ってみればわかるよ、って言われて、実際に付き合ってみたことが何回かあったそうなんです。だけど、良い人だな、って思っていても、恋愛感情を向けられると、嫌になるみたいで、すぐ別れるっていうことが続いて……、どうすればいいんだろうって……。

意欲はあるのに、恋愛が前提になると、心が拒否する。愛情はあっても、好きっていう感覚が生まれない、っていう言い方を、彼女はしてました。

アセクシャルの自覚がある人は、男性より、女性のほうが多いらしいんです。でも、違和感に気付くのは遅いケースがあって。彼女の話を聞いていて、なるほどな、って思いました。女性の場合は恋愛が受け身になることも多いだろうし、自覚しづらいところは、あるかもしれないなって。

彼女は小学生のときに、何となく好きだった男の子がいたらしいです。中高になると女子校だったこともあってそういう対象はいなかった。だけど大学生のときに、江藤さんのことを好きになった……。

以前に好きな人がいた、ってのが一つの拠り所としてあったから、自分はまた人を好きになると信じてたみたいです。ただ悩んでいるなかで、思い返してみると、わからなくなってきたらしくて……。

小学生のときのことは、幻のようなものだった。江藤さんのことは、尊敬していたけれど、恋愛的に好きだったわけじゃないのかもしれない。好きって思い込もうとしていただけなんじゃないかって……。

それから僕と同じように、いろいろ調べたりしたらしいです。

『アセクシャルって知ってる？』

って、彼女から訊かれました。

知ってる、と答えたら、彼女はちょっと意外そうな顔をしてました。

『わたしはもしかしたら、それに近いかもしれないんだよね』

そういう言い方をしてましたけど、本当は確信していたんだろうと思います。それで迷ったんですけど、実は僕も同じかもしれない、ってことを伝えました。

それから僕らは、多分、夢中で話してたと思います。二人とも、本当にこんな話をこの相手にしていいんだろうか、って思いながら『かもしれない』のベールに包んで話を続けて……。

僕はそういう話を誰かとするのは初めてだったし、彼女は二度目だって言ってました。どうして彼女が、僕にそんな話をしてくれたのかは、わからないんですけど……」

「それは、なんとなくわかるかな」

と、香奈さんが言った。

「梶くんって、フラットに人の話を聞くし。ちゃんと聞いてくれているのに、こちらには踏み込んでこないような距離がある、っていうのかな」

からになったグラスに、彼女は薄めの水割りを作ってくれた。

「褒めてるんだよ。梶くんって、話しやすいってこと」

「ありがとうございます」

作ってもらった水割りを、僕は一口飲んだ。

「それで……、それから彼女と、頻繁に連絡をとるようになったんです。出張に行ったときの写真を送ったり、向こうからはランチの写真が送られてきたり、何か考えたり、思ったりしたことを送ったり送られたり、たわいもないやりとりでした。二ヶ月に一度とか、それくらいの頻度で会うようにもなりました。僕が東京に行ったり、彼女が御殿場に遊びに来たり、ちょっとしたドライブしたり。

インターネットとかに、無性愛者のコミュニティがあったりするんですよね。同じ悩みを持つ人同士が交流して、それによってすごく救われる人がいて……。

僕らはだから、その最小のコミュニティのようなものを作っていたんだと思います。普通の友だちとして、普通の会話をするのがほとんどだけど、でも一緒にいたり、連絡を取り合ったりするだけでも、心強くて。会ったときには、過去のこととか、今思っていることとか、将来のこととか、たくさん話をしました。

僕らは似てたけど、似てないところもあって、例えば……、

恋人ができて、結婚して、っていう将来を、僕は幻のようなものとして捉えてい

ましたけど、彼女は切実だったようです。ちゃんと子どもを産んで育てたい、なんてことも、よく言ってました。最近は両親から心配される、とかそういうことも。考えているだけで、ただただ時間だけが過ぎていくってことも……。

パートナーが欲しいし、家族が欲しいって、彼女は言ってました。このまま結婚しなくてもいいって思っていたけど、将来、両親が亡くなったらって考えるとやっぱり自分の家族が欲しい。でも相手の性的な欲求には応えられそうにない。性的な気持ちがある人とは、キスをするのも無理で、気持ち悪いと思ってしまう……。

僕は自分に関して、先天的にこうなんだろうと思ってました。今まで生きてきた環境で、後天的にこうなったっていうのは、思い当たる節がないんです。最初からこうだったのかなって……。

だけど彼女は、後天的かもしれない、って言ってました。小さな頃、近所の男子に、無理に性的な本を見せられて、そのとき、ものすごく嫌な気持ちになったことを覚えていて……。その男子に会うたび、嫌な気持ちになって……、あるときその男子たちが何人かで、そういう本を見て笑っていたのを見て、もっと嫌になったって……。それが原因かもしれないって言ってました」

気付けば、またからになっていたグラスに、香奈さんがゆっくりと水を入れてくれた。

「同じ悩みをもつ人の存在に安心しても、僕らはどこかで思ってました。後天的にアセクシャルになることがあるなら、後天的にそうでなくなることもあり得るわけで、自分たちはそうなるんじゃないかって。

いつか霧が晴れるように、誰かのことを好きになるかもしれない。今はただ、過渡期にいるだけかもしれない。だって他から見たら、僕らなんて本当に、ただの恋愛未経験とか、奥手とか、そういうふうに見えるだけなんです。

だけど、もしそうじゃなかったら……。一生誰のことも好きにならず、このまま一人きりだったら……。

彼女は切実にパートナーを求めていたし、僕も仕事に逃げていただけで本当は同じだったかもしれません。このまま孤独なままだったらどうしようって考えてもいるんです。

希望も不安も、どちらの話も尽きなかったです。僕らは二人の最小のコミュニティのなかでは、自分たちの希望と不安を認めて……。安心して認めることのできる、唯一の場だったから……。二年近く……ですね。僕らはそんなふうに話したりしながら、時間だけが過ぎていったんです。それで……。

その後、僕が関東営業所に異動になったんですよね。これでもっと会えるようになるね、なんて二人で話してました。梶くんとばっかり会ってたら、婚活が進まないよ、なんて彼女は笑ってました」

考えてものを喋っているというより、記憶自体が語っている感覚だった。

「どこに住もうかな、なんて話をしていて……、近くに住んだら、いざってときに助け合えるねって。そういうのっていいじゃないですか。僕の職場は埼玉だったけど、東京からだって通えるし……、そういう理由で住むところを決めても、いいじゃないかって……」

頷く香奈さんを見やり、僕はまた口を開いた。

「最初は冗談で言ってたんです。スープが冷めない距離で、とか。何かあったら駆けつけられる距離で、とか。同じマンションの、違う部屋に引っ越そうか、とまで話しました。そのうち二人ともだんだん、その気になってきて……。それ以上の……、つまり欠けた者同士なら、うまくいくんじゃないかって……」

時刻は午後八時を過ぎていた。そろそろ父親との夕飯を終えた美里ちゃんが、帰ってくるかもしれない。

「だったら一緒に住もうか？　って僕は言ったんです。結構、まじで言ったんです。それがどういうことを意味するのかも、わかっていました。僕らにはお互い、恋愛感情は全くなくて……。でも結婚とか、家族とか、そういうことへの希望はあって……、だったら僕ら二人で、って。それは傍《はた》から見たら、間違ってるって言われるかもしれないけど……、もういいんじゃないか、って思ったんです……。だって、もういいじゃないですか。僕らたくさん悩んで苦しんだんだから、もういいじゃないかって、思ったんです」

酔いにまかれそうになりながら、僕は言葉を継いだ。

「彼女も同意してくれて、僕らは前向きでした。自分たちにないものを認めて、むしろ尊重し、一緒に生きていくって……。そのことをお互い確認したし、本気でそう思ってたし、それで上手くいくと思ってました。いずれは結婚することも考えてましたし、子どもを作ることも……。

２ＬＤＫのアパートを借りて、寝室を含めたそれぞれの部屋を作りました。それ以外は共用スペースだったから、シェアハウスみたいな感じかもしれません。だけど、休みの日に公園を散歩してる僕らは、傍目には普通のカップルに見えたと思います。

一緒に家具を買いに行ったり、二人で生活を創っていくのは、すごく楽しかったです。会社に行って戻ってくるときや、出張から戻ってくるとき、一人暮らしのときとは違う気持ちになりました。何かあると、外にごはんを食べに行ったり。

自分たちが持てなかったものについて話しても、それまでとは話の行き先が違いました。自分のなかでどう折り合いをつけるのか、とか、どうやって他人に理解してもらえばいいのか、とか、そういうことはもう考える必要がなくて……。だから、そのことを話題にすることが、なくなっていったように思います。

日々は続いたんです。一緒に暮らすことにも、すっかり慣れて……。平和な生活でした。でも少しずつ、様子が変わっていきました。僕の出張とか残業とかが多かったことも、悪かったんですけど……。

自然の成り行き、という感じでした。二人とも、自分の部屋で過ごす時間が、不自然なくらい増えていったんです。顔を合わせるのが嫌っていうんじゃなくて、自然にそうなってしまい……。お互いいつも、あ、いるな、くらいの距離感で。このままでいいのかなって、ぼんやり思いながらも、本当に他人みたいな感じになってきて……。

今から考えると、もしかしたら、僕らの結びつきは、同じ悩みを抱えている、ということだけだったのかもしれないです。でもそのことは、僕らのなかで、すごく大きなことだったから、何も間違えたことはしてないって、僕は思っていて……、彼女がどう考えていたかはわからないけど……。

一緒に住んで半年以上が経ってました。一緒にいるのに、会わない日がほとんどで、会っても話すことは少なくて……。悩みを話さなくなっていたから、話題がないんです。お互い、不満があるわけじゃないのに、何も感情のやりとりがなくて……。

これから自分たちがどうするか、っていう話はしました。結婚するなら早めのほうがいいよね？　うん、そうだね、みたいな会話もあって……。このままだとまずいかもってのは、お互いにあったと思います。

セックスしてみようかって、僕は言ったんです。彼女も、うん、って……。不安もあったんですけど、できると思ってました。実際、できたんです。でもやっぱり、そんなことは、するべきじゃなかった……です。

その最中、ずっと、僕には何の感情も湧きませんでした。多分、彼女も同じです。何かほんの少しは心が動くはずだと思っていたんですけど、それが一切ないことに、始まってすぐ気付いてしまって……、あとは必死に……、何とかして早く終わらせよう、って、そのことしか考えられなくて……。早く……、とにかく早く……、早く終わらせようって……。その場から消えてしまいたいような気持ちで……。

終わってから、こんなことはもう二度と……二度としたくないって思いました。彼女はもっと、そう感じたと思います……。それがすごく哀しくて……。

どうして自分は、こうなんだろうって……。どうしてこんななんだろうって……。どうしてこんなふうに生まれちゃったんだろうって……。

何も話せませんでした。そのときのことは、後になっても、僕らは一切、話しませんでした。話せなかったんです。

何もなかったことにしたくて……、でもそんなことはできなくて……。僕らが長い時間をかけて……お互いを救おうとして……救われたと思っていたことが……元通りよりも、もっと深い場所に落ちてしまったような……。僕らはお互い、相手を、ほんの少しでも救うことなんてできなくて……。もう一緒にはいられないって……、僕だけじゃなくて、彼女も感じていたと思います……。もう別れたほうがいいって……、でもすぐには別れられなくて……。すぐに別れたら、その日のことが原因だって、はっきり認めてしまう……それが怖くて……そうしたら永遠に……永遠にその日のことを、悔やみ続ける気がして……。

だから何ごともなかったかのように、それから半年くらい、一緒に暮らしたんです。何もなかったような顔をして……半年……。何も変わらないし……、どこにも行けないのに……。僕らはお互いを傷つけあって……、多分、それだけだったんです」

とん、とん、とん、とん、と遠くで音が聞こえた。

「僕らは……、静かに別れて……。僕は先に引っ越して……、一人になったときに、思ったんですよね……。自分はきっと、このまま恋もできなくて……、家族も持てなくて……」

僕は泣きながら話していたのかもしれない。

「どうして……、どうして、こんなふうに生まれてきちゃったんだろうなって……」

言葉はそれで途切れ、頭のなかが白く染まっていく気がした。とん、とん、とん、とん、と、いつからか香奈さんが、僕の背を叩いてくれている。それからどれくらい時間が経ったのかはわからない。

酔いが僕を、どこかに連れていこうとしていた。

記憶は混濁し、やがてぐるん、と巻き戻った。それは、僕と彼女が一番幸せだった頃の記憶だったかもしれない。

僕らはわかり合えたとき、本当に嬉しかったのだ。

だけどさ、僕らには、ただ恋愛経験がないだけなんだよ。

そうだよね。これからある日、突然、恋したりするのかもしれないし。

そうだよ。恋が奇跡だっていうなら……奇跡なんだったら、起こるかもしれないよね。

尊敬する人に好かれたら、変われたりするのかもしれないし。

そうかもしれないな。

わたし、恋はできないけど、愛だったらあると思うの。

そうだよ。僕にだって愛はあるよ。

わたし、梶くんのこと愛してるし。

僕だって愛してるよ、もちろん。

ただこういうこと話してても、キュンとしないのが問題なんだよね。

……キュンと、しないな。

キュンと……、することがあるのかな?

だけどさ……、恋がいつしか愛に変わる、なんてことを、みんな言うじゃない?

うん。

だったら僕らもう、それを持ってるってことなのかな?

そうかもしれないね。

だったら、それに相応しい関係性があるのかもしれないなって。

そうだね……。

そうだよ。

わたしね、

うん。

ずっと焦ってて。休みの日も婚活しなきゃって……。今しなきゃもう間に合わないんじゃないかって。

うん……。

……だけど、わたしね、

……うん、

最近、休みの日に切り絵を始めて……。

切り絵?

うん、それがすごく楽しいんだよね。

へえー。

でもね、それは別に、何かから逃げるためにしているわけじゃないし。

うん。わかるよ。

わたしたち別に可哀想じゃないし。

もちろんだよ。

ねえ、

うん。

梶くんは長い休みができたら、何かしたいことある?

うーん。あまり考えたことないなあ。

考えなよ。

そうだね。そのうち考えてみるよ。

何か考えたら教えてね。

うん、そうする。

言葉の途絶えた僕は、いつの間にか、大村家のソファで眠ってしまっていた。

◇

ぱちり。……ぱちり。

「駒の損得はだいぶ身についたな。そしたら次は〝主張〟だぞ」

「……主張、ですか」

暖かな早春の休日、師匠はゆるやかに説いた。

「損得は〝飛車と香車を交換したら損〟みたいな、誰が見ても明らかな成果だ。主張となると、もっと接近した、お互いにとってのポイントみたいなもんだ」

「よくわかりません」

「飛車と角を交換するのは少し損だけど、自陣は鉄壁だからむしろ勝ちやすいはず、みたいなことだな。これが身につけば初段なんてすぐだ」

初段が取れる……。師匠が言っていることが本当なのかどうかは怪しいが、今は将棋アプリから初段を認定してもらうことができるらしい。そんなに気軽なんだったら、挑戦してみようかな、などと思いながら、僕は自陣の銀を動かす。

ぱちり。

三月に入って、最初の休日だった。今月いっぱいでサバティカルは終わり、僕は新しい会社で働き始めることになる。

最初は同僚の名前も、文房具の位置も、仕事のルールも、求められていることも、何もわからないだろう。引っ越した先のクリーニング店の場所も、美味しい店も、何もわからないだろう。

だけど将棋と同じだ。最初はどの駒を動かしていいかわからなかったが、法則や原理を摑むと、余計なことを考えないようになって、本質に近づいていく。将棋の上達が嬉しかったように、一からの新しい生活も、きっと楽しいだろう。

僕はスマホの表示を確認した。時計は約束の時間を示している。

「師匠にはまだ一回も、勝てないですけど、今日はわからないですよ。本当に」

「ん？　どうした？」

「今日は、盤外戦術を使うことにしたんです」

「どういうことだ？」

師匠はちらと僕を見て、また盤上に視線を戻した。

「こんにちは」

そのとき将棋盤に影がかかり、親しげな声が聞こえた。

「久しぶりって言うのも変だけど……、大村香奈です。見学させてくださいね」

「あぉ」

変な声をだした師匠は、その後、言葉を失っていた。僕は角を大きく動かし、師匠の陣へと突入する。

ぱちり――。


あの日、大村家のソファで眠ってしまい、目覚めたのは夜中の三時だった。

重い頭でスマートフォンを確認すると、「泊まっていってね」と、香奈さんからメッセージがある。甘えてしまおう、と、そのまま朝まで、死体のように眠った。

午前十一時、香奈さんと美里ちゃんはブランチを食べ、僕は水だけをもらった。

昨夜、自分がどんなふうに話していたのか、半透明のゼリーのような記憶しかない。

多分、ものすごく飲んでいたのだろう。何しろ久しぶりの猛烈な二日酔いで、頭が痛かった。

香奈さんは、昨夜のことなんて何も覚えていないような顔をしていた。僕は痛む頭のまま、自分の家に戻り、また眠った。

夕方くらいに、ようやく復活し、窓を開けて風を浴びた。続けてシャワーを浴びると、とてつもなくすっきりとして、何だか憑きものが落ちたような気分になった。

翌週、三度目のシンガポールチキンライスを作りに行ったときに、今日も泊まっていきなよ、と言われた。さすがにどうなんだろう、と思うのだが、香奈さんは屈託なく誘うし、美里ちゃんも嫌ではなさそうだ。遠慮の言葉を何度か返したのだが、押し切られて結局、泊まっていくことにした。

遠慮とか常識とかは、もういいじゃないか、と思った。サバティカルはもうすぐ終わる。大村家での時間はとても楽しく、考えてみればこの何年かで、こんなに楽しい時間は他になかったかもしれない。

その日から香奈さんの家に行くときには、いつも泊まるようになった。泊まった翌日も、夜までいて、家事を手伝ったりする。美里ちゃんとの会話も増え、勉強を教えたりするようなこともあった。

「ねえ、ついに入れてみたよ」

と、香奈さんは言った。

二月の終わり、香奈さんの『Trello』に「父親に会ってみる」という項目が加わった。今は難しいけどいつかね、と、彼女は言うのだが、だったら三月に行きましょう、と僕は誘った。〝今〟も〝いつか〟も、どちらも同じじゃないかと思ったからだ。

親子に戻るとか、感動の再会とか、これはきっと、そういうことではない。将棋をするのを見て、生きているんだな、と確認するだけでもいいし、なんなら通りすぎるだけでもいい。

「それは、そうかもね。多分、会っても、お父さんだ、とは思えない気がするし」

「そうですよ。これって、神社にお参りに行くとか、そういう感じの物事なんですよ」

うーん、と考える香奈さんだったが、「父親に会ってみる」はやがて、『アイデア・メモ』から『To Do』に移った。

ぱちり。

さらにカードを『Doing』に移したであろう香奈さんが見守るなか、盤上の勝負は続いた。

師匠に考える暇を与えないよう、僕は素早く攻め込んだ。さすがにこの状況で、彼は平常心では打てないはずだ。勝つなら今日しかない、と、僕は香奈さんにも伝えてある。僕や夏菜子が持ってないものを持っているにもかかわらず、借金などという馬鹿げた理由でそれを捨てた師匠を、僕が成敗するのだ。

いつもは饒舌な師匠が何も喋らず、固い動きで駒を動かした。盤上を見つめる彼の耳は、心なしか赤く染まっている。間髪を容れず、僕は駒を前進させる。

師匠の焦りや戸惑いは、こちらからは計り知れなかった。だけど何となく、彼が反射に近い感じで指している様子がある。ときどきだが、おや、と思うような受けもあった。

ぱちり。

これまでになく、僕は果敢に戦った。いくつかの師匠のミスにつけ込み、このまいけば、詰めそうに思えた。実際、早逃げする師匠の王は孤立無援だ。

あと少し、というところだった。どうしても攻め手を見つけられなくなった僕が、一休み、という感じに、死んでいた師匠の飛車を取った。

ぱちり、ぱちり、と、師匠の反撃が始まった。あれよという間に、こちらの玉は追い詰められていく。ぱちり。えーっと、こ、これは……。

「……参りました」

僕が頭を下げると、彼は、ああ、と小さな声をだした。駒を箱にしまい始めた彼は、きまりが悪そうな顔をしている。

「お疲れさま。はい、これ」

香奈さんが明るい声で言い、僕らにパック酒を配った。受け取った師匠は、まぶしそうな表情で香奈さんを見やる。彼女は立ったままで、僕らは座ったままだ。

風が生んだようなトライアングルだった。これは誰かが強く望んで作りあげたというより、冬の終わりの非日常が、気まぐれに生んだ三角形だ。

「今日こそ勝てると思ったんですけど、無理でした」

「……ああ」

小さな声をだす師匠より先に、僕はパック酒にストローを差した。

「けど……」

ようやく話し始めた師匠を、香奈さんは静かに見守っている。

「……今日は、負けるかもしれないと思った。……負けてもいいと思った」

「そうですか？　最後、怒濤《どとう》の反撃でしたよ」

公園には梅の花が咲いていた。ゆるやかに吹く風が、春が近いことを告げている。見あげれば眩しい陽の下で、ちゅう、と僕らは日本酒を吸った。そしてときどき、同じ花を見る。師匠はあまり喋らなかったが、嬉しそうな顔になっている。

いいじゃないか、と思った。

親子はもしかしたらもう、二度と会わないのかもしれないし、そうではないのかもしれない。でもこんなふうに気負いなく会ったのは、よかったんじゃないだろうか。こういうことが起こっても、いいんじゃないだろうか。

今は一パックの日本酒を飲む間だけ、同じ景色を共有すればいい。

もしかしたらいつか香奈さんがまたこうやって、ぶらりと公園に様子を見にくる日が来るかもしれない。そういうことが起こるかもしれないと、師匠はときどき思ったり、想像したりする。

「元気で」

最後に香奈さんは師匠に手を差しだした。握手する二人の目元が何となく似ていると、僕は初めて気付く。

立ちあがって香奈さんを見送り、僕と師匠はもう一局だけ将棋を指した。歩を三つか四つ進めたあたりで、師匠は、ありがとう、と言って涙ぐんだ。僕は黙って、もう一本、パック酒を差しだす。

「……酒が旨い」

師匠は洟《はな》をすすりながら言った。

「春には夜桜、夏には星、秋には月、冬には雪、それだけで酒は旨いがな」

感傷にひたる師匠に、もしかしたら今度こそ勝てるかな、と思ったのだが、彼の守りは盤石だった。

「今日はしかし、格別に、旨いな」

師匠は感極まったように、ぐぐうっ、と声にだして涙をこらえ、その後、何度も洟をすすった。

◇

三月第二週の土曜、大村家でごはんを作り、香奈さんと飲み、そのまま泊まった。

日曜には香奈さんからギターを教わり、美里ちゃんに梶炒飯の作り方を教えた。

きっとこんなふうに、誰かが持っている何かをわけあって、世界は豊かになっていくのだろう。

その日は美里ちゃんが父親に会いに行く日で、十五時に家を出るということだった。僕もそれに合わせて家を出て、途中まで送っていくことにした。

「待ち合わせは何時なの？」

「大宮に十八時」

駅へと向かう道すがら何気なく訊いたのだが、予想外の答が返ってきた。

「それじゃあ、まだかなり時間があるけど……」

「まあね」

前を向いたまま話す美里ちゃんの表情はよくわからなかった。

「……どこかで時間をつぶすの？」

「うん。いつも、そうしてるから」

地下鉄に乗ると、どこまで行くのか訊かれた。美里ちゃんは上野で電車を乗り換えて、そのまま大宮に向かうらしい。だったら僕も上野で乗り換えるよ、と告げる。

「いつも待ち合わせの時間まで、何してるの？」

「何か買ってもらうってなってるときは、デパート見回って、買う物を決めておいたり。最近はそういうのもないから、何もしてないけど……」

じゃあどうしてこんなに早く出るのか、と思ったけれど、訊かなかった。

彼女があまり父親に会いたがっていない、というのは以前から感じていた。それにはもしかすると、香奈さんには話せないような理由や、経緯があるのかもしれない。

「……じゃあさ、」

上野駅に着く手前で、僕は言った。

「一緒に大宮に行っていい？」

「え、どうして？」

「あの辺りは仕事で行ってたから、久々に行ってみたいしさ。待ち合わせまでカフェにでも行こうよ」

「……うん。いいけど」

地下鉄からJRへの長いコンコースを歩き、僕らは宇都宮線に乗り換えた。日曜のこの時間、電車は二人が並んで座れるくらいには空いている。

「大宮まで三十分くらいってことは……、カフェに入って二時間くらいはのんびりできるかな。何なら一緒に帰ってもいいよ。美里ちゃんが、お父さんに会ってる間、どこかで時間をつぶしてるから」

「どこかって？」

「特には決めてないけど」

「わたしを尾行すればいいじゃん」

「しないよ！」

動きだした電車のなかで僕らは笑った。風通しのよい母子《おやこ》だから、僕が香奈さんを尾行したことも、美里ちゃんは知っている。

「だけど、いいかもな。美里ちゃんがお父さんと、どんな感じに話しているかとか、興味あるし」

「別に普通だよ」

陽の差した車内は、地下鉄に比べればだいぶ開放的だ。

「……美里ちゃんは」

加速する電車に揺られながら、僕は訊くことにした。

「お父さんのところに、あまり行きたくないの？」

「んー、……そういうわけじゃないけど」

前を向いたまま話す美里ちゃんの横顔を、僕はちらりと見やる。

「……ただ、最近はちょっと。気が進まないっていうか……。だから、本気で家を出たくなる前に、出るようにしてるんだよね」

「それで早めに出てるんだ」

美里ちゃんは黙ったまま、頷く。

「昔は、そうじゃなかったの？」

「うん。昔は……、月に一度の楽しみ、って感じだったし」

「それって、小学生の頃？」

「うん。だってその頃は、何か買ってもらうときは、お父さんからだったし、行きたいところに連れていってくれるのも、お父さんだったから」

「そうなんだ」

「だけどそれって、お母さんがお父さんに、させてあげてたんだよね。そもそもお父さんに、好きな人ができて離婚したのに」

「それは、多分、香奈さんとしては……」

僕は慎重に言葉を選んだ。

「香奈さんは、お父さんと美里ちゃんを取り合いたいわけじゃなくて、美里ちゃんにはお父さんがちゃんといて、これからもそうであり続けることを、望んでるんじゃないのかな？」

「……うん、それはわかってるよ」

美里ちゃんは俯きながら喋った。

「だけどお父さん、最近、忙しいんだよ。それなのに無理して会う感じが……、嫌っていうか……」

「そうなの？」

「そうだよ。昔は映画みたり買い物したりしてから、ご飯食べて、って感じだったけど、今はご飯食べる一時間とか二時間とか、それくらいだし……。向こうにも今、子どもがいるわけだから、きっといろいろあるんだよね。だったら無理して会うことなんてないのに……」

赤羽を過ぎた電車は、がたごとと荒川の鉄橋を渡った。

「わたしが小六のとき、もうすぐ美里に弟ができるって、お父さんが言いだして……。でもわたし、弟ができるなんて、そんなふうには全然思えなかったし……。そのときわたし、どうしてだか泣いちゃって」

「……そっか」

「でも、その半年くらい後だったら、泣かなかったと思うんだよね」

「それは……、中学生だから？」

「うん、まあ、何となくそう思うだけだけどね。だってお父さんはお父さんだけど、いつも一緒にいるわけじゃないし……。向こうの家庭で、子どもができたって、それはしょうがないし。自分だけのお父さんなんて、思ってないから、それはいいんだけど……。姉弟《きょうだい》なんだから、とかそういうのは意味わかんない」

「そう言われるの？」

「うん。姉弟だから仲良くしないと、とか……。最近、一緒に会おうってしつこいんだよ。一緒に旅行しようとか……。今度の春休みにも、一緒にどこか行こうって言うんだけど、わたし、全然行きたくなくって……。今まだ四歳の子だから、可愛いんだろうけど……」

話はだんだん核心に近づいているようだった。

「美里の弟だよ、って写真とか見せられても、そりゃ、小さい子だから可愛いし、可愛いって言うけど……、弟だとか、みんな家族だとか、そんなふうに思わなきゃならないって変じゃない？」

「そうだね。少なくともそれは、強制されるようなことじゃないし」

「でも、お父さんは、それを望んでいて、それが当たり前だって……。それ以外は別に、いいお父さんなんだけど」

その後、美里ちゃんは黙ってしまった。浦和に近づいた電車が、減速し始めている。

「姉弟とか、家族とかさ、美里ちゃんが、そう思いたければ思えばいいし、思いたくなければ思わなくてもいいんだよ」

口調をはっきりとさせて僕は言った。だけど美里ちゃんは黙ったままだ。

「……当たり前を、押しつけようとするのって、僕はすごく嫌いだな」

独り言のようにつぶやいたつもりが、意外と大きな声が出てしまった。

だって、当たり前と思われることを、当たり前にできずに苦しんでいる人だっているのだ。

父親の心情を想像するなら、きっと娘のことを愛していて、息子のことも愛しているのだろう。その二人が仲良くしてくれたら、嬉しいに決まっている。息子がまだ幼い今が、タイミングとしてベストだと思っているのだろう。

だけど実際のところ、全くベストなんかではなかった。だって、行きたくないから何時間も前に家を出ているって、そんなの異常事態じゃないか。

「それが当たり前だって、押しつける側は信じ込んでいても、そうじゃないことだってあるよ。家族とか、姉弟とか、押しつけられる側が、拒否しづらいことだってあるのに、当たり前だって、押しつけるのは間違ってるよ」

浦和駅を出た電車が、加速を始めた。僕らはしばらく黙ったまま、電車に揺られる。

　血の繋がりだけが答ではないし、恋愛だけが答ではない。僕はそれを誰にも押し付けられたくないし、押し付けたくもない。

「……っちゃおうか？」

「え？」

　僕の言葉が聞き取れなかったのか、美里ちゃんがこちらに振り向いた。

「あのさ、このまま終点まで行っちゃおうよ」

「……え」

「気が進まないときには、サボっちゃえばいいんだよ。お腹が痛くなったとか、別に嘘ついたっていいんだから。弟だって、もし会いたくなったら会う、でいいんだよ。仲良くしたくなったら、すればいいんだし」

　驚いた表情で僕を見る美里ちゃんは、きっと本当に良い子なのだろう。だけど良い子はたまには、悪い子の誘いにのるべきだ。

「終点は宇都宮だからさ、餃子食べに行こうよ」

「……でも」

「たまには大丈夫だって。餃子食べて、香奈さんにお土産買って帰ろうよ。宇都宮ってさ、駅前に餃子のビーナスがいるんだよ。何か皮に包まれてる女神が」

ふはは、と笑いながら、熱心に誘う僕に、美里ちゃんも次第に乗ってきた。さいたま新都心駅が近づくにつれ、んー、どうしようかな、などと言いつつ、笑顔になっている。

「行っちゃおうかな、たまにはいいよね？」

「もちろんだよ。当たり前のことなんて、誰かに任せておけばいいんだよ」

サバティカルはもうすぐ終わる。

僕らはその日、小さな逸脱をして、宇都宮に向かった。

◇

三月三週目の土曜も、香奈さんの家で過ごした。

そしてそのまま泊まるのだけれど、これは本当はかなり特別な体験だ。今年に入ってからの三ヶ月に満たない期間だけど、僕はこの親子のおかげで、今までになくリラックスした時間を過ごすことができた。

四月になったら川崎で二週間の研修がある。その後の配属先は正式に仙台に決まったので、二月末くらいから引っ越しの準備も始めた。

アパートはもう契約まで済ませてしまっており、来週には引っ越しをして、住所変更などの手続きを済ませるつもりだ。四月の研修の期間は、今の部屋から通えるように、布団と必要最低限の日用品だけ、残しておけばいい。

会社にだす書類もあったし、各種手続きも必要だしで、『To Do』リストにはやるべきことのカードがずらりと並んでいた。すぐに済ませてしまえるものもあったし、時期を待たなければできないものもある。できるものは、なるべく早めに終わらせ、カードを『Done』に積み重ねていく。

ここまでかな、と、思うようなものも、少しずつ『Done』に移した。

ぺたん、と胸を床に付けるような股割りまでには到達しなかったけれど、それでも最初の頃の写真よりは、開脚の角度は増していた。

英会話もまあ、道案内くらいはできるようになったと信じたい。

「フェルマーの最終定理」を完全理解することはなかったが、それができるのは世界に数人であることと、証明がなされるまでのいくつもの熱いドラマを知ることができた。

そして三月の休日の日の出前、美里ちゃんと一緒に屋根に上って、国際宇宙ステーション（ISS）も見た。

――お久しぶり。

「元カノに連絡をする」のカードを開き、夏菜子へのメールの文面を作った。

――十月に仕事を辞めて、四月から仙台で新しい仕事をすることになったよ。一応、新しい住所を伝えておくね。長い休みの間に、将棋とギターを始めたよ（笑）。

仙台の住所を書いて、カードを『To Do』に移した。

『アイデア・メモ』で化石のように眠っていたカードだけど、文面を考えてみれば、あっさりしたものだ。あとはこれをコピペしてメールを送れば、カードは『Done』

に移る。

ずっと目を逸らしていたせいで忘れていたけど、もしも長い休みができたら何をするのか、彼女に伝える約束したんだった。今の僕はそれを彼女に伝えたくて仕方がない。

二年後か三年後か、もしかしたら十年後かもしれないけど、彼女とはまた会うだろう。それを待たなくても、お互い助けが必要なことができたら、遠慮なく連絡すればいい。なにか良いことが起きたなら、遠くから祝えばいい。

この数ヶ月がなかったなら、このカードを『To Do』に移すことはなかっただろう。指の動きで言えば数センチのこの小さな移動のために、僕のサバティカルはあったのかもしれない。

『To Do』にあるものは、時がきたら『Doing』に移して、あとは粛々と実行するだけだ。だったらもう、今がその時なのかもしれない。洗濯の終了を示す音に、僕はゆっくりと立ちあがる。

洗濯物を干したら、そのメールを送ろう。そしてカードを『Done』に移すのだ。

そう胸に書かれたインチキ英語Tシャツを、ハンガーにかけながら、久々に門前さんのことを思いだした。僕の長期休暇に食いついた彼は、半年後くらいに会おうよ、と言っていた。そっちも忘れていたけど、「門前さんに会う」をカード化しなければならない。

話したいことがたくさんありますよ、門前さん——。

風に身をまかせて♪　旅をはじめよう♪
彼が歌っていた歌をうろ覚えで口ずさみ、僕は、ぱん、ぱん、とシャツの皺を伸ばした。

◇

三月最後の土曜日、僕と香奈さんは、前に一度来た秋葉原のバーで飲んでいた。

「今回、美里は自分で考えて、そう決めたんだよ」

美里ちゃんはその日、父親とその息子と一緒に、ディズニーリゾートにでかけたらしい。ディズニーホテルに一泊する、急に決まった豪華な小旅行だという。

「前に美里に、相談されたんだよ。今後、お父さんと会ったりするのを、断ってもいいかって。旅行にも誘われてるんだけど行きたくない、って」

「そうなんですか」

「うん。そんなの、もちろん断ってもいい、って。これからどんどん美里の世界は広がっていくんだし、会うのは半年に一回でも、一年に一回でもいいくらいだよ、って伝えたんだけどね」

コロナビールを飲みながら、香奈さんは愉快そうに語った。

「そしたら気が楽になったのかな。今週になって急に、行くことにしたって。お父さんと旅行なんて最後になるかもしれないし、ディズニーランドも行きたいし、四分の一遺伝子が一緒の男の子も見てみたいって」

「へえ！　行きたくて行くのなら、何よりですね」

「うん、多分ずっと、本人も自分の気持ちを、整理できてなかったんだと思うんだよね。だから梶くんと宇都宮に行ったのは、いい機会だったんだと思うよ。ありがとね」

「いや、あのときは勢いで行動してしまっただけで」

「ねえ、そのときってどんな話をしたの？」

「えーっと……」

その日のことを、僕は話した。香奈さんは、へえー、などと言いながら、嬉しそうな顔をしている。

「香奈さんもディズニー行ってくればいいじゃないですか。師匠と」

「行かないよー」

うははは、と笑いながら、僕らはビールを飲んだ。

「あー、今日は、本気だして飲んじゃおうかな」

「え⁉ 今まで本気じゃなかったんですか？」

「いやまあ、本気だけどね。でも本気の先に、もう一つの本気があるから」

「まじですか」

「だって今日、娘はホテルに泊まりだし……、それに梶くんの休暇も、もう終わりでしょ?」

「そうですね」

僕はビールを飲み干し、立ちあがった。

「ビール買ってきます。お代わり、同じものでいいですか?」

「うん」

僕らはそれから、いつもより半音上げたようなチューニングで、飲み続けた。

「おかげさまで、僕は、この何ヶ月か、本当に楽しかったですよ。考えてみれば、ずーっと、働きっぱなしで……。休みの日でも普通に呼びだされて、そのまま三十六時間、工場で作業、みたいなこともありましたからね」

「それ、よく続いたね」

「そうなんですよ。やっぱりみんな続かなくて、続いても何年かで辞めちゃうんですよ。僕は多分、鈍感っていうのもありますけど……、もしかしたら、そういうのを無意識に求めていたのかもしれないです。休みがなければ、不安みたいなものを、感じずに済むし」

「次の仕事も忙しいの？」

「いや、どんなに忙しくても、前に比べたら全然だと思いますよ。だから、いろいろ、ちゃんとしようと思って」

「いろいろって？」

「もっと生活に目を向けたり、仕事以外でも人と関わったりとか……、趣味とか」

「将棋は続けるの？」

「ええ。将棋もギターも、続けますよ」

「じゃあ、ちゃんと、サバティカルがベースになってるんだね」

微笑んで立ちあがった香奈さんが、ビールを買いに行った。

毎日が非日常だった子どもの頃のことがベースになって、僕らは大人としての道を歩きだす。

それを見失った大人にはきっと、サバティカルが必要なのだ。

ふわふわした意識を楽しみながら、僕らはその後も、よく飲み、よく喋り、よく笑った。

◇

目覚めると、隣で香奈さんが眠っていた。

新居には持っていかないと決めたカーテンの隙間から、柔らかな光が漏れている。引っ越し作業を終えた僕の部屋には、布団とギターしか置いていない。あとは飲み残した缶酎ハイと、まとめられた香奈さんの服があるだけだ。

エレガントな忍《シノビ》のように――、午前の猫のパトロールのように――。

香奈さんを起こさないよう、僕は布団からそっと抜けでた。抜き足と差し足で台所に向かい、やかんを火にかける。残っていたティーバッグを使って、朝の紅茶を淹れる。

部屋に戻って布団をのぞき込むと、香奈さんは目を覚ましていた。

「おはよう」

「おはようございます」

何もない部屋に、その声は新しく響いた。

「紅茶淹れたんですけど、カップが一つしかなくて。飲みますか?」

「うん」

「まだ熱いですけど」

カップを床に置き、布団のへりに膝を下ろすと、香奈さんが、ん、と言いながら、場所を空けてくれた。導かれるように、僕はまた布団のなかに潜り込む。

ふふ、と僕は笑い、ふふふ、と香奈さんが笑った。ソファも椅子もテーブルもないこの部屋で、落ち着ける場所はここしかない。

最初はグー、と英語で書かれた僕のTシャツを、香奈さんは着ている。

「ホントに何もない部屋だね」

「だからそう言ったじゃないですか」

くすくす笑う僕らは、昨夜、泥酔するほど飲んだわけではなかった。

何本ビールを飲んだかはわからないが、あの店には閉店までいた。それからふわふわ気分で手を繋いで、秋葉原の街を歩いた。

二軒目を探したのだけど良い店が見つからなくて、じゃあ梶くんちに行こう、と香奈さんが言った。今までで何もないですよ、と言っても、香奈さんは、行こう、行こう、と繋いだ手を大きく振る。

タクシーに乗って、コンビニの前で降ろしてもらった。缶酎ハイ二本と、アイスを一本買った。アイスを分け合って食べながら、僕らは部屋に向かった。

部屋に着いて、缶酎ハイを一口か二口飲んだら、二人とも眠くなってしまい、こてん、こてん、という感じに眠ってしまった。Tシャツを出したのは覚えているけど、香奈さんがいつ着替えたのかは覚えていない。

どちらにしても全部、夢の続きみたいな記憶だ。

「よいっしょ」

と言いながら、僕は身体を半分だけ起こした。大きなマグカップに口をつけ、温度を確かめながら紅茶を飲む。やがて香奈さんも身体を起こし、並んで座った僕らは、交互にそれを飲んだ。

「……だね」

「え？」

また布団に潜り込んだ香奈さんを、僕は追いかけた。

笑う香奈さんが可愛かった。布団の中で向き合うと、香奈さんは僕の身体に手を触れた。

「嫌じゃない？」

「はい」

そっと抱きしめ、しばらくするとまた少し離れた。見つめあって、笑いあって、またそっとくっつき、しばらくして離れる。僕らはそんなことを、何度か繰り返した。

「……香奈さん」

「ん？」

「誰かを好きになるって……、それって寂しくなりませんか？」

「寂しい？」

「はい。だって、恋愛感情がなくても、離れるときには寂しく思うのに、好きになったら、寂しいことばっかりじゃないんですか？」

「……ああ」

香奈さんはしばらく僕を見つめた。それからゆっくりと、僕の胸に顔をうずめた。

「……今ね、ちょっと寂しくなった。だからこうした」

僕の腕のなかから、香奈さんの声が聞こえる。

「ずっと、少しだけ寂しいんだよ。でも、寂しいから、未来を生きていける気がする」

身体を離した香奈さんが、僕の頭をゆっくりと撫でた。

「わたしね……、梶くんのこと好き、って思ってるんだよ」

僕の頭を撫でる手を止め、香奈さんは続けた。

「だから、梶くんが家に来たら嬉しいんだけど、帰っていくときは寂しいよね。でも、寂しくなって、ちょっとほっとするんだ」

香奈さんはまた、僕の胸に顔をうずめた。

「多分ね……、少し寂しいくらいが、ちょうどいいんだよね」

温かくて小さな香奈さんの身体から、僕は何かを感じようとした。寂しいから、未来を生きていける……。

僕にはわからなかった。でもわかるような気もした。わかりたいと願いながら、わからないことに、僕はずっと焦がれてきた。

彼女の寂しさに触れようとするように、僕は彼女の手を握った。こうやってずっと手を繋いだなら、それに触れることができるのだろうか……。

寂しさをわかろうとしたとき、小さな何かが、揺らぐように芽生えた気がした。

感謝の気持ちなのか、奇跡なのか、魔法なのか、愛なのか、切なさなのだろうか。

初めての感情は、捉えようとすれば、すぐに霧散してしまう。泡のようなそれは、忘れたくないと思ってもすぐに消えてしまう。

確かにあった心の動きを、心のなかで再現するのは難しくて、だからせめて言語として覚えておこう。その名前を付けたっていいのだ。

育たなくても、繋がらなくても、泡のようなものでも、一瞬の夢でも。

欲望からも、ギブ&テイクからも、一番遠く離れた場所で――。

微かな木漏れ日の、揺らぎに耳を澄ませる気持ちで――。

サバティカルの終わり、僕の指先は「何か」に触れた。

寂しくて切なくて嬉しい何か——。もしかしたら恋に似ているかもしれない何か——。

昼を過ぎて布団から出た僕らは、また順に紅茶を飲み、笑いあった。宇宙で一番小さな瞬きみたいに。

やがて家を出る前、香奈さんは「Blackbird」をギターで弾いてくれた。

そっとつまむように、くすぐって掬《すく》いあげるように——。

跳ねるような旋律の下で、Gの開放弦は鳴り続ける。

泣きそうになるほど切なくて優しい「Blackbird」。

少しだけ寂しさを含んだ「Blackbird」——。

僕らは、これからどんな寂しさと共に生きるんだろう——。

香奈さんの「Blackbird」は『Done』に移動した。僕の『Trello』には、「門前さんに会う」のカードだけが残っている。

サバティカルは旅だった。

きっと帰れる場所は、これからも増えていく。

「また遊びに来なよ。うちは出戻り歓迎だからね」

駅で別れるとき、香奈さんは微笑みながら言った。

解説

吉田恵里香

「分かった気」になっていることが多すぎる。

他人のことも、自分のことも。素直に分からないと言えずに、つい「分かった気」になって、思考を停止させ受け流している。だって毎日の生活があって、自分や家族を養っていかなくてはならないから。そんな風に忙しい日々を理由にして、大半の人間が「分かった気」になっている自分を放置してしまう。では忙しいという言い訳を失った時、我々は「分かった気」になっていることと、どれだけ向き合えるのだろうか。

『サバティカル』の主人公・梶《かじ》は自分が沢山作ってきた「分かった気」と、とことん向き合っていく。転職をきっかけに五か月という長い休暇を手に入れた梶は、今までやりたかったこと、目を背けてきたことをTo Doリストにまとめて、それを実行していく。

リストに書かれていることは『休暇がなくてもやろうと思えばできたけど、なかなか重い腰があがらず目を背けていた』絶妙なチョイスのものばかり。百年の孤独は、私自身も買ったまま十年近く積読《つんどく》のまま本棚に放置されて、時々手にとっては最後まで読めずにいるので「分かるよ、梶くん」と思わずニヤリとしてしまった。やがて読者は梶の休暇を追っていくうちに、梶のセクシャリティを知ることになる。梶が自身をアロマンティックだと自認しており、自身のセクシャリティと人生、他者との付き合い方に葛藤していることが分かっていく。

今回、私が本作の解説をさせていただけることになったのは、自作のテレビドラマ「恋せぬふたり」で、セクシャリティがアロマンティック・アセクシュアルである主人公を描いたからだろう。改めて書き記しておくと、アロマンティックとは他者に恋愛的に惹《ひ》かれないセクシャリティの方、アセクシュアルとは性的欲求が他者に向かないセクシャリティの方を指す言葉であり、その両方が当てはまるセクシャリティの方をアロマンティック・アセクシュアル（以下Ａｒｏ／Ａｃｅ）と言う。（脚本執筆時に作品を監修していただいた方や取材をさせていただいた方々から「アセクシュアル」と表記してもらいたいとご指摘をうけたことがあるので、解説ではアセクシュアルという言葉を使わせていただいた。アセクシャルという言葉が間違っている訳ではなく、梶が自身をどう表すのかは梶の自由だ）
私はドラマの脚本と小説を書いただけで当事者ではない。しいて言えばアライ（LGBTQを理解・支援する人のこととして使われている）だが、それを自称することも、支援とか理解という言葉に「？」が残るし、そもそも立場をラベリングしなくてはいけないのかなど思ったりもするし、でもラベリングすることで「意味が分からない悩み」から「意味が分かる悩み」になったりする現実もあるし……以下省略である。とにかく、なので、あくまでも「Ａｒｏ／Ａｃｅが登場する作品を書いた人」という立場で解説の文章を書いている。こんなにもまわりくどく前置きをするのは、私の解説が、何かを代表する答えでも正解でもないからだ。Ａｒｏ／Ａｃｅの学術研究はまだ少ないのもあり、自分の言葉が正解のように扱われてしまう危機感を常日頃抱いている。それにＡｒｏ／Ａｃｅに限らず、すべてのセクシャリティはグラデーションで一個に定義できるものではない。多様で千差万別、一人として同じセクシャリティの人はいない。私がここまで書いている言葉で傷つく人もいるだろうが、今できうる私の知識や言葉選びを重ねるつもりだ。

さて本当に前置きが長くなってしまった。本作についての話に戻ろう。

近年Ａｒｏ／Ａｃｅが登場する作品は増えたが、当事者自身が主人公である作品はまだまだ少ない。こうしてアセクシュアルを自認している主人公が登場すること、Ａｒｏ／Ａｃｅが世の中で可視化されていくことは、とても喜ばしいことだ。更に素敵だなと思ったのが、梶のセクシャリティが作品の味付けや添え物になっていないことである。現在、残念ながらＬＧＢＴＱの人物を描きながらも「これはＬＧＢＴＱ作品ではない。そこがテーマではない」と、わざわざ念押しする創作者がいる。セクシャリティを物語のスパイスやサプライズや悲劇の象徴につかう作品が今も作られ続けて（創作するうえで全てを１００％否定するわけではないが）敬意がなさすぎるだろと一人怒り狂いながら鑑賞・読書することも多い。

『サバティカル』において、そのストレスが私は一切なく、梶個人の葛藤や思いが、梶自身が感じることとして、すとんと心に落ちてきた。

正直な所、読む前はアロマンティックを自認する三十代の男性が主人公と聞いた際、身構えてしまう自分がいた。自作の脚本を執筆する際、できる限りの資料を読み、当事者の方に数十人も取材して、当事者の方に監修もしていただいた。その際に、体感としてＡｒｏ／Ａｃｅを自認されている方は二十代以下のシスジェンダーの方が多かった。もちろんＡｒｏ／Ａｃｅの三十代以上の男性がいない訳では決してない。性的嫌悪や接触嫌悪が薄い場合、男性はＡｒｏ／Ａｃｅを自認しにくいのではないかという話が取材で出ていたのが頭にあったからだ。「恋せぬふたり」の主人公の一人は四十代男性だが、試行錯誤の末、性的嫌悪や接触嫌悪があることでＡｒｏ／Ａｃｅを自認した人物にした経緯がある。本作の行動からみるに、梶は接触嫌悪も性的嫌悪も比較的薄めのようだ。香奈《かな》からのマッサージもハグも受け入れている。本人はアセクシャルと自認しているが、話している内容からＡｒｏ／Ａｃｅであるようにもみえるし、キュンという感覚、他者の恋愛の感覚がぼんやり分かっているようにもみえるのでグレイロマンティック（アロマンティックとロマンティックの間のどこかに位置するあり方）のようにもみえる。自認していると思いつつ、自分自身のセクシャリティに「？」な部分が沢山あるようにもみえる——が、他人のセクシャリティについて他人が定義づけすることが間違っている。何度も言うがセクシャリティは定義することができない。それこそ「分かった気」になってしまら浮かび上がらせて、彼の人となりを丁寧に描いているからだと思う。

う危険性がある。その人が自身をどう自認するかが大事だ。そのうえであえて使わせてもらうが、自身のセクシャリティについての言動が危うく絶妙なバランスでなりたっている……一歩間違えばＡｒｏ／Ａｃｅという存在に誤解を与えかねない梶という人物をストンと受け入れられるのは、休暇が始まる前の門前《もんぜん》さんとの会話や将棋の師匠・吉川《よしかわ》、香奈との会話で、梶という人物を外からも内か

梶は私がＡｒｏ／Ａｃｅについて語る時、絶対使わない言葉を淡々と口にする。例えば「恋もできない」といったような他者に恋愛感情を抱かないことを否定的に表す言葉、いつか誰かに恋をして変わるかもしれないという言葉（Ａｒｏ／Ａｃｅの中には、いつか恋するかも？などと言われることに傷つく方も多く、恋愛をしたいことが分かっている人以外には絶対に使わない方がいい言葉だ）。そのほかにも、欠けた者同士、恋愛もできず家族も持てず、どうしてこんなふうに生まれてきたのか、などなどだ。でもそれは、私がＡｒｏ／Ａｃｅを「分かった気」になって勝手に定義・正解を作っているだけで、だからそういった言葉尻にひっかかってしまうんだなと思った。マジョリティ中心の社会を生きる梶の生き苦しさを思うと、そう

いった言葉選びになるのも無理はない（無理はない、でまとめてはいけないことだし、現状を早急に改善すべきことである）。気づくと、私は梶という一個人に寄り添い、梶を思い、物語を読み終えていた。梶が目を背けていたことと向き合う旅をしたように、私も自身の「分かった気」になっている事柄と沢山向き合うことができた。本作をお読みになったあなたも（当事者、Ａｒｏ／Ａｃｅについて知識がある方ない方問わず）自分のことも他人のことも「分かった気」にならず、理解できなくても、ただ相手を認めることの大切さを感じられたのではないだろうか。馴《な》れ合う必要はない。でも自分を認めてくれて「出戻り歓迎」と言ってくれる場所はいくつあってもいいのだ。

（よしだ　えりか／脚本家）

サバティカル　朝日文庫

2023年8月30日　第1刷発行

著　　者　中村《なかむら》　航《こう》

発 行 者　宇都宮健太朗
発 行 所　朝日新聞出版
〒104-8011　東京都中央区築地5-3-2
電話　03-5541-8832（編集）
03-5540-7793（販売）

印刷製本　大日本印刷株式会社

Published in Japan by Asahi Shimbun Publications Inc.
定価はカバーに表示してあります

ISBN978-4-02-265111-2

落丁・乱丁の場合は弊社業務部（電話 03-5540-7800）へご連絡ください。

送料弊社負担にてお取り替えいたします。